KB001421

아들로 산다는 건

아빠로 산다는 건

아들로 산다는 건
아빠로 산다는 건

배
정
민

에
세
이

아버지를 떠나보내고,
자식을 키우며 어른이 되었습니다

왓어북

삶은 아이러니의 연속이라더니, 살아계실 때는 불효만 저지르다 아이들을 키우면서야 먼저 떠난 아버지를 그리워합니다. 가끔 삶의 무게가 무겁다 느껴질 때면 한 번씩 아버지를 떠올리며 글을 씁니다.

한 편 한 편 글을 쓰면서, 전에는 생각지 못했던 아버지의 삶도 들여다보게 됩니다.

드라마 〈응답하라〉 시리즈에서 나왔던 성동일 씨 대사처럼, '아빠도 태어날 때부터 아빠는 아니'었을텐데 그것을 왜 이제서야 깨닫게 되는지요. 굴곡 많은 인생역정 속에서도 잊지 못할 추억을 많이 남기고 떠난 아버지를 생각하며, 오늘도 어제보다는 좀 더 나은 아빠가 되기 위해 노력 중입니다.

차
례

—

*

여름

아버지의
부재

*
*
*

     엉엉 우는 여동생 손을 붙잡고 생전 처음 와보는, 먼지 풀풀 나는 길을 걷고 있었다. 명색이 오빠라고 조금 참으려 했다 뿐이지 훌쩍이긴 마찬가지였다. 갓 열 살 좀 넘은 나이, 동생과 함께 무사히 집에 돌아가야 한다는 생각 때문에 꽤 긴장하고 있었다. 당시는 세간을 떠들썩하게 했던 개구리소년 사건이 있어, 인신매매단이 잡아간다고 길가에 봉고차만 서 있어도 피해 다니라고 하던 때였다.

     봄에서 여름으로 접어들 무렵이었다. 어느 일요일 낮, 아버지는 나와 동생 손을 붙잡고 아파트 공사현장을 찾았다. 우리도 곧 단칸방 신세를 벗어나 남들처럼 번듯한 '아파트'에서 살게 된다며 아버지는 자못 들떠 있었다. 각자의 공간을 갖게 된다는 생각에 나와 동생 역시 달뜨긴 마찬가지여서, 가는 길 내내 쉴 새 없이 조잘거렸다. 기억은 안 나지만 별로 영양가 있는 이야기는 아니었을 게다.

아파트는 시 외곽에 있었다. 산자락 앞에 새로 지어지는 아파트 옆에는 실개천이 흐르고 있었다. 회색 시멘트 블록 사이로 수백여 장은 될 법한 초록색과 주황색 천이 제각기 나부꼈다. 지금 내 나이 또래였을 젊은 아버지는 한 층 한 층 올라가고 있는 아파트 전체가 마치 제 집인 양 흐뭇하게 바라보고 있었다.

그런데 문제가 생겼다. 동생이랑 정신없이 놀다 보니 아버지가 옆에 없었다. 여기저기 찾아봐도 아버지가 눈에 들어오지 않았다. 덜컥 겁이 났다. 곧 해도 저무는데 난생처음 와보는 곳에서 동생이랑 넋 놓고 있을 수만은 없었다.

무작정 큰길을 향해 바삐 걸었다. 아파트 현장은 외진 곳에 있어서, 차가 다니는 큰길까지는 삼십 분 정도 걸어야 했다. 동생 손을 붙잡고 같이 징징 짜면서 걷는 시간이 어찌나 길게 느껴지던지. 이후로도 한동안 그 길을 걷는 꿈을 꾸곤 했다.

아버지의 부재

백 원 한푼 없었지만 일단 택시를 잡아 타고 집으로 갔다. 셋이 함께 나섰는데 애들만 들어오니 엄마는 난리가 났다. 몇 시간이나 지났을까. 아버지가 집으로 들어왔다. 아파트 안쪽을 살펴보러 잠깐 단지에 들어간 사이 애들이 없어졌단다. 혹시 애들이 어떻게 된 것 아닌가 깜짝 놀라 그 동네 주변을 다 찾아보고 오느라 늦었다면서, 어떻게 큰길까지 나와 택시를 타고 올 생각을 했느냐고 물었다. 나는 '아버지가 먼저 집에 가신 줄 알았다'며 짐짓 아무렇지도 않은 척했다. 괜히 내가 일을 크게 만든 것 같아 실은 살짝 계면쩍었다.

아버지의 부재를 상상해본 것은
그때가 처음이었다.

항상 곁에 있을 것이라고 철석같이 믿던 존재가 연기처럼 사라졌던 그날의 황망함이 기억난다. 어린아이일 때나 지금이나 별반 다르지 않다. 다른 게 있다면, 그날 저녁 헐레벌떡 집에 들어오자마자 나와 동생을 찾았던 아버지의 모습을 이제는 영영 볼 수 없다는 것뿐.

그날 밤, 아버지가 돌아오길 기다리는 동안 이렇게 말할까 계속 고민했다.

'한눈 팔지 말고 아빠 옆에 꼭 붙어 있었어야 했는데, 그러지 못해 죄송해요.'

하지만 쑥스러워서 어떻게 말을 꺼내야 할지 몰랐다. 여느 아빠와 아들 사이가 그렇듯, 대충 어물쩍 넘어갔다. 그로부터 스물다섯 해 후, 임종도 채 못 보고 식어가는 아버지와 마주하게 될 것임을 알았다면, 차라리 철없을 때 조금 더 용기를 낼 걸 그랬다. 아빠가 옆에 있다는 게 얼마나 든든한 건지 미처 몰랐다고, 다시는 나와 동생을 떼놓고 어디 가지 마시라고. 그렇게 말이라도 한 번 더 할 걸 그랬다.

아버지 유품을 정리하며 집 안팎을 왔다갔다하다 보니, 한때 새집 냄새 물씬 풍기던 그 아파트도 꽤나 많이 늙었다. 시간은 매정하게 흐르고, 흐릿해진 추억과 회한만 곁에 남았다.

미국의 한 소도시에서 짧은 유학생활을 마무리하던 중이었다. 한밤중에 전화벨이 울렸다. 어머니가 울먹이고 있었다. 전화를 끊자마자 공항으로 뛰어가 가장 빠른 한국행 비행기를 탔다.

직항이 없어 꼬박 하루가 걸렸고 아버지는 그 하루를 기다려주지 않았다. 나는 고향으로 가는 기차 안에서 부고를 들었다.

상주가 되었다. 검은 상복을 입고 일하듯 상을 치렀다. 식장과 장지 예약을 하고 비용을 지불하고 손님을 맞고 또 배웅했다. 한국의 장례 문화는 상을 치르는 이에게 충분히 애도할 여유를 주지 않았다. 슬퍼할 겨를 없이 어머니를 위로하고 동생을 다독이며 친지들과 아버지를 모실 방법을 상의했다. 장사를 치른 후에는 한 사람의 사망에 따르는 각종 행정절차를 처리했다.

쫓기듯 이런저런 일들을 마무리하고 미국으로 돌아오는 비행기에서 잠을 통 이루지 못했다. 노트북을 켜고 하얀 화면을 바라보고 있노라니, 어렸을 때 느꼈던 감정이 되살아났다. 기억을 더듬어 그때 일을 옮겨 적고 있는데, 그때서야 울음보가 터졌다.

수십 년 전 그날 어린 나처럼, 화면 속 글자들이 옛 기억을 소환하며 볼을 타고 흘러내리는 눈물을 어루만지고 있었다.

그 후 일상 속에서 아버지가 문득문득 생각날 때마다 옛 추억을 하나씩 끄집어내 짧은 글을 쓰기 시작했다. 머릿속에만 묵혀두었던 추억들을 글로 풀어내면서, 아버지를 새롭게 만났다. 젊은 시절의 아버지를 조금 더 이해하고, 생각지 않게 육아에 대한 조언도 듣고, 인생을 어떻게 살아가야 하는지에 대한 충고도 얻었다. 아버지와 함께 찍은 사진이 같이 살아온 시간에 비해 턱없이 적어 안타깝지만, 정신없는 인생살이 속에서도 좋은 추억들을 유산으로 남겨준 아버지에게 매번 감사한다.

김밥천국,
그리고 뻥끼 묻은 옷

*
*
*

여름날 점심에 라면을 먹는 건 보통 머릿속엔 없는 일이다. 일본식 라멘도 아니고 얼큰한 라면이라면 더더욱. 점심시간에 동료가 갑자기 라면이 땡긴다면서 잡아끌지 않았다면 굳이 햇볕이 따갑게 내리쬐는 날씨에 분식집에 가서 라면을 시키진 않았을 것이다.

점심시간의 김밥천국은 줄을 서야 할 만큼 붐볐다. 이미 긴 줄이 늘어선 분식집을 두세 개 지났기 때문에, 다른 곳을 찾는 것을 포기하고 꼼짝없이 줄을 섰다. 을지로에서 삼천 원짜리 라면 먹는 것도 꽤나 노력이 필요하구나. 슬쩍 안을 들여다봤더니 주변 공사현장에서 일하는 듯한 분들이 앉아 바쁘게 식사를 하고 있었다.

페인트가 묻어 있는 그분들의 옷차림을 보니 자연스럽게 아버지 생각이 났다. 아니, 실은 아버지는 조금 후에 생각났고, 장례를 마치고 집에 돌아와 아버지의 옷가지를 꺼내 정리하던 장면이 먼저 떠올랐다. 장롱을 열어 페인트로 얼룩진 아버지의 작업복들과 아껴 입는다고 고이 모셔뒀던 상태 좋은 작업복들도 모두 비닐봉지에 집어넣었었다. 어차피 재활용 수거함에도 못 넣을 옷들이 왜 그리 많았던지.

아버지는 좋게 말해 지방 중소기업의 관리자였고, 까놓고 말하면 건설업 먹이사슬 끝에 있는 손바닥만 한 하청업체에서 사장과 직원들 사이에 끼인 채 고생하는 월급쟁이였다. 전국 공사장을 전전하며 막노동에 가까운 일을 수십 년간 했던 아버지의 옷에는 언제나 뺑끼, 그러니까 페인트가 묻어 있었다.

식당 안 아저씨들의 옷차림은 내 아버지와 같았다. "좀 깔끔하게 하고 다니시라"고 타박도 했던 작업복 차림. 이 분들을 계속 보고 있자니 지금이라도 아버지가 식당 구석에서 이마에 맺힌 땀을 훔치며 일어설 것 같은 생각이 들었다.

하… 오늘 또 이렇게 아버지랑 만나네.

이런 느낌이 이제 점점 익숙해져간다. 살아계실 때 조금 더 당신의 삶을 이해할 수 있어서 '고생하셨다'는 말이나마 한마디 더 할 수 있었다면 얼마나 좋았으랴마는, 이젠 그냥 아들의 일상에서 이렇게 불쑥불쑥 찾아오시는 것만으로도 좋기만 하다.

아빠, 오늘 엄마 고졸 검정고시 등록했어요. 이번에는 전과목 합격할 수 있게 힘 좀 써봐요. 생전에 시험운이 없으셨다지만, 그래도 아내를 생각한다면 로또 번호는 아니어도 이 정도는 해주셔야 할 것 같은데. 안 그래요?

우정의
무대

***

〈우정의 무대〉라는 TV 프로그램이 인기리에 방송되던 시절이 있었다. 보통 일요일 오후나 저녁때 방송됐는데, 아버지는 그 시간만 되면 '뽀빠이 나올 시간'이라며 헐렁한 차림으로 거실에 앉아 TV를 뚫어지게 보았다. 요샛말로 최애 프로그램이라 본방사수 원칙을 철저히 지켰다.

〈우정의 무대〉의 핵심은 〈진짜 사나이〉 같은 군인 예능에서도 패러디하는 '그리운 어머니' 코너. 서로 자기 어머니가 면회온 게 확실하다고 외치는 병사들이 나와 사연을 말하고 나면, 이 부대에 자식을 보낸 어머니 중 한 사람이 나중에 등장해 서로 상봉하는 코너였다.

"엄마가~ 보고플 때~ 엄마 사~진 꺼내놓고~" 이렇게 시작하는 주제가에 맞춰 장병들이 "어머니!"하고 목청껏 부르면 무대 뒤에서 어머니가 등장한다. 당시 난 십 대 초중반이었으니 아직 군대라는 집단 생활을 구체적으로 생각하기엔 꽤 어린 나이였음에도, '그리운 어머니'는 그런 내게도 뭔가 찡한 느낌을 갖게 하는 코너였다.

그러나 그것도 한두 번이지, 똑같은 형식의 프로그램을 매주 보면 물리는 법이다. 〈복면가왕〉 뒤편에 있는 가수가 더이상 예전만큼 궁금하지 않듯, 사람은 지속적인 자극에는 무뎌진다.

그런데 '그리운 어머니'의 클라이맥스인 "엄마가~" 멜로디가 나오기만 하면 아버지는 그렁그렁 눈물 콧물을 짰다. 어떻게 매번 저러실 수가 있나 싶을 정도로. 사춘기 시절의 작은 미스터리 중 하나였다. 그땐 그저 '우리 아빠 참 주책이다… 아무리 군대 시절이 떠오른대도 남자가 눈물이 저리 많아서야' 하고 지나갔다. 그땐 감성 충만한 그분의 다른 모습들을 겪기 전이었으니까.

아버지가 세상을 뜬 이후, 어머니를 비롯해 친척들로부터 아버지의 젊은 시절과 어린시절 이야기를 더 많이 전해 들을 수 있었다. 본인 입으로는 말해주지 않았던, 내가 태어나기 이전 아버지의 삶에 대해서. 그때 비로소 십 대 때의 미스터리 하나가 스르륵 풀렸다.

아버지의 고향은 작은 읍이었다. 아버지는 국민학교를 졸업한 후 중학교 진학을 위해 엄마 품을 떠나 대전 외삼촌 집에서 더부살이를 시작했다. 고모의 말에 따르면 아버지는 그때부터 숫기 없고 내성적인 편이었다. 열서너 살 어린아이가 엄마 품을 떠나 살며 도보로 편도 두 시간 걸리는 통학길을 어떤 생각으로 다녔을지, 서른 살이 훌쩍 넘은 나로서는 감히 상상이 되지 않는다.

스무 살 갓 넘어 군대에 간 아버지는 36개월 가까이 군 생활을 했다. 그런데 할머니는 장남 면회를 한 번도 가지 않으셨단다. 할머니 성격과 당시 가족이 처한 상황을 떠올리면 할아버지만 두어 번 면회 가셨다는 것이 납득이 아주 안 가는 것은 아니다. 그러나 긴 군 생활 동안 아버지가 느꼈을 어머니에 대한 그리움은… 이미 내가 공감할 수 있는 한계치를 벗어난 곳에 뚝 떨어져 있는 느낌이었다. 오직 당신만이 알고 있겠지.

〈우정의 무대〉를 보던 당시, 아버지는 '그리운 어머니'에서 "어머니~!"를 같이 외치며 그 시절 어머니에 대한 그리움을 소환하고, 스스로 치유하는 과정을 매주 반복하고 있었음을 이제야 깨달았다.

기억을 거슬러 과거로 돌아가다 보면
어느덧 내 또래, 혹은 나보다 조금 어린
한 남자와 만나게 된다.

한때는 부대 내 밴드에서 리드보컬을 하고, 틈만 나면 노래 부르기를 좋아했던 사람. 좀 더 나이 들고서는 두 아이를 키우기 위해 주말까지 일하는 녹록지 않은 삶을 살며 분투했던 사람.

그동안 단편적으로 머릿속에 입력해뒀던 과거의 광경들을 꺼내다 보면 아들이 아닌 조금은 중립적인 입장에서 그 시절 아버지 마음을 추체험하게 된다.

완벽한 아버지는 아니었다. 사춘기 때는 아버지가 영 마뜩잖았다. 그러나 아버지가 되어 보니 비로소 아버지라는 입장의 무게를 느끼고 그 심정을 이해하게 된다. 말과 글로는 도저히 습득할 수 없는, 체험해야만 도달할 수 있는 이해의 영역이다.

1980년대에 아빠 타이틀을 얻게 된 아버지는 시대의 한계 속에서 본인의 최선을 다했다. 어린 시절 아버지의 불만스러웠던 점만 보였던 것은, '아버지도 처음부터 아빠였던 것은 아니었다'는 사실을 그땐 (당연히) 생각지 못했기 때문이다. 내 기억 속 아빠는 태어날 때부터 아빠였다. 아빠니까 뭐든 할 수 있는 맥가이버고 슈퍼맨이고, 무엇이든 뚝딱 만들어주는 배추도사 무도사 머털도사여야 하는데, 그 기대치를 충족시켜줄 아빠가 세상 어디에 있을까. 그땐 미처 몰랐다.

그래서 옛 기억을 더듬다 보면 아이러니하게도 아버지의 여러 실수와 사건사고들이 더욱 도드라지게 튀어오른다. 〈우정의 무대〉를 보며 눈물 콧물 짜던 모습, 아들딸 몰래 로또 사서 맞춰보던 모습은 한때 품었던 멋진 아버지상과는 한참 떨어져 있지만, 지금 내겐 그 자체로 너무나도 인간적이어서 꿈에서나마 다시 보고 싶게 만드는 모습이다.

그 시절 아버지도 지금의 나만큼이나 부족함 많은 아빠였구나, 하고 아버지에 대한 이해를 한 뼘씩 넓혀간다.

아버지를 떠나보낸 후 한 가지 습관이 생겼다. 지금 내 나이

우정의 무대

와 같거나 더 어린 아버지를 떠올리는 것. 이를테면 아버지가 서른 살 때, 마흔 살 때 겪은 일들을 복기해보는 식이다. 소소한 것들은 기억나지 않지만 그래도 그해의 몇 가지 중요한 이벤트들은 어렵지 않게 떠올릴 수 있다.

시대가 많이 변한 만큼, 난 그 시절 내 아버지보다는 조금이나마 더 괜찮은 아빠로 아이들에게 기억되어야 할 텐데 하는 마음도 있다. 혼자만의 야심(?)으로 그치지 않길 바라며 퇴근길에 아이들과 다시 눈을 맞춰본다.

32년 전
8월의 마지막 날

*
* *

가끔씩 어렸을 적 사진들을 꺼내본다. 이번 여름에는 꽤 자주 꺼내보았다. 친척들과 계곡 물놀이를 다녀온 후에도, 어머니와 동해안 여행을 다녀온 후에도 옛날 사진들을 스캔해둔 폴더를 열어보았다.

어릴 때 사진들 속 장면은 늘 아련한 환상과 어우러져 있는 느낌이다. 실재했던 광경인지, 자라는 동안 사진을 보며 스스로 만들어낸 환영인지 확실치 않다. 사진에는 없지만 기억에 또렷한 다른 장면들이 있는 걸로 사실과 환상을 구분한다면, 어슴푸

레하게나마 실재했던 기억이라 스스로 믿을 수 있는 건 아무리 내려 잡아봐도 대여섯 살 무렵부터다.

기록적으로 더웠던 8월 어느 일요일 오후, 아이들과 함께할 소일거리를 찾다가 반 충동적으로 63빌딩 아쿠아리움 표를 끊었다. 차를 주차장에 대고 아쿠아리움에 들어가는데, 오래전 그 날 생각이 났다. 아이들과 한나절 재미있게 보내고 집으로 돌아오는 길에 생각해 보니 내 무의식을 자극한 어떤 계기가 있었구나 싶었다.

무심결에 본 사진 한 장이 오늘 나들이의 시작이었다. 오래된 사진첩에 63빌딩 수족관에서 찍은 사진이 한 장 있었다. 같은 날짜에 경기도 문산역에서 찍은 사진도 있었다. 똑같이 1986년 8월 31일이었다. 그제야 수족관에 놀러갔던 날이 문산으로 외삼촌 면회 간 날과 같은 날임을 알았다.

외삼촌이 전방에서 군 복무를 하고 있어서 외할머니와 아버지와 함께 문산으로 면회를 갔다. 지금 생각해보면 외할머니가 아들 면회를 가야 하니 사위가 하루 시간 내서 모시고 다녀와야 하는 상황이었을 거고, 엄마는 젖먹이 동생 보기도 벅차니 아버지가 큰애까지 책임지라며 등 떠밀지 않았을까 싶다. 인터넷으로 과거 달력을 찾아보니 역시나 1986년 8월 31일은 일요일이다. 토요일도 어김없이 일하러 가던 시절이니, 아버지는 하루밖에 없는 휴일 새벽에 당일치기 외삼촌 면회 준비에 장모님 모시랴 애 챙기랴 꽤나 서둘렀겠다 싶다.

교통도 불편하던 시절 다섯 살 아이가 얼마나 칭얼댔을지, 또래 사내아이를 키우는 입장에서 그날 그가 겪었을 고난(?)이 눈에 그려진다. 사진에는 없지만 그날의 기억으로 남은 건 온통 장난감 칼에 대한 것뿐이다. 짧은 머리 외삼촌과 장난감 칼을 가지고 장난치던 모습은 사진에 채 담기지 못하고 내 머릿속 한편에만 소중하게 남아 있다.

장모님을 모시고 문산까지 갔다가 다시 대전으로 돌아오는 것 자체가 특별한 여행이었을 터. 수족관에는 모처럼 큰 구경거리 보러 간다고 들렀을 게다. 1990년대까지도 63빌딩은 서울 가면 꼭 가봐야 하는 관광지 중 하나였으니. 정작 수족관과 관련해선 어두컴컴한 곳으로 들어간 기억 외에는 생각나는 것이 전혀 없다. 아버지도 아마 다녀온 데 의의를 두지 않았을까 싶다. 수족관에서 시작된 상상은 흘러 흘러 그날 또 다른 사진을 찍은 장소 문산역으로 이어진다. 문산역 앞에 선 아버지는 담배를 물고 카메라를 응시하고 있었다.

서른두 살 젊은 아버지는 역 앞에서

담배 한 대 물고 무슨 생각을 하고 있었을까.

궁금하지만, 물어볼 수 없다.

물어볼 수 있었다면,

지금만큼 궁금해하지도 않았으리라.

아버지를 떠나보내고 나니 생각보다 아버지의 표정과 목소리를 담은 영상이 별로 남아 있지 않다. 항상 스마트폰을 지니고 다니는 시대인데도 스마트폰 앨범은 아이 영상으로 가득하고, 아버지를 찍은 영상은 가뭄에 콩 나듯 보인다. 손주 사진을 찍느라 정신없는 할아버지의 모습을 담은 영상들은 찍었다기보다는 찍혔다고 보는 것이 보다 정확하다. 아버지는 휴대폰 속에서조차 조연이었다.

시간이 지나면 다시는 볼 수 없는 얼굴, 들을 수 없는 목소리라는 것을 그때도 머리로는 알고 있었다. 하지만 우리에게 주어진 시간이 유한하다는 사실을 애써 머릿속에서 지웠다. 마치 아무 일도 없었던 것처럼 지냈다. 갑자기 사진이나 영상을 찍으면 어색하니까.

순간의 어색함을 못 견디고 외면한 결과는 기록의 부재로 돌아와 오늘 내 가슴을 친다. 좀 더 많은 모습을 영상에 담아뒀다면 더 많이 기억할 수 있었을 텐데. 아이들에게 더 많이 할아버지의 모습을 보여줄 수 있었을 텐데. 그래서 나 같은 후회를 하지 말았으면 하는 마음에 친한 벗들에게는 부모님 영상을 되도록 많이 찍어두라고 말하곤 한다. 영상과 사진으로 남은 것이 너무 적어서, 아버지의 모습을 글로 남겨둬야겠다는 생각을 했는지도 모르겠다.

사람은 떠나면 어떤 형태로든 유산을 남긴다. 아버지가 내게 남긴 유산은 분명 적지 않았다. 사진도 몇 장 안되고 영상도 몇 개 없지만, 머릿속에는 꽤 많은 추억이 저장되어 있다. 길을 걷다가도, 창밖을 바라보다가도 당신과 함께한 추억들이 할머니 쌈짓돈처럼 툭툭 떨어지곤 했다. 같은 시공간에 있지 않았더라면 절대 얻을 수 없는, 이제는 수십, 수백 억을 주고도 살 수 없는 아버지와 아들의 추억이라는 유산을 많이 남겨주신 것이 그저 감사할 따름이다.

32년 전 8월의 마지막 날

시간과 물질 면에서 모두 지금보다 부족했던 시대의 아버지가 내게 남겨준 것만큼은 아이들에게 물려줘야 할 텐데. 퇴근길마다, 주말마다 스스로에게 되묻곤 한다. 나는 나중에 유산이 될 만한 좋은 추억을 아이들에게 만들어주고 있는가.

나의
슈퍼히어로

*
*
*

태어나 처음 하는 경험은 놀라운 경우가 많다. 고등학교 1학년 때 처음 한국을 떠나 다른 나라를 방문했다. 입학한 학교가 일본 나고야에 있는 모 학교와 자매결연을 맺고 있었고, 이따금 각 학교 학생들이 상대 학교를 방문하는 행사가 있었다. 마침 내가 학교에 입학한 해가 우리 학교에서 일본을 방문할 타이밍이었고, 일본어를 제2외국어로 선택한 학생들이 그 대상이 되었고, 2학년은 바쁘니 1학년이 가기로 결정되었고, 어찌어찌하다 보니 나는 여권이라는 걸 만들고 있었다.

떠나는 날은 방학의 중간을 지나가는 한여름, 딱 이맘때쯤이었다. 굉장히 부산스러운 아침이었다. 인솔교사 포함 여러 명이 함께 떠나는 프로그램인 만큼, 대전에서 김포공항까지 가는 길을 생각하면 학교에 새벽같이 모여야 했다(아직 인천공항이 문을 열기 전이었다).

하지만 첫 여행 짐은 그리 쉽게 꾸려지지 않았다. 돌이켜보면 대체 왜 그랬는지 이해가 안 가지만, 나는 고작 3박 4일 일정임을 망각하고 여행가방도 아닌 보스턴백에 짐을 한가득 욱여넣고 있었다. 뭐가 필요할지 모르니 일단 전부 다 넣자는 의도였을 것이다.

집을 나설 때쯤 시계를 보니 집합 시간 내에 학교에 도착하는 게 불가능한 시간이 되어 있었다. 우리집은 대전 끝자락에 있었고, 학교까지는 버스로 한 시간 정도 걸렸다(지금 지도 앱으로 확인해 보니, 20년 전이나 지금이나 달라진 게 없다).

아버지는 집을 나와 나를 차에 태운 순간,
핸들을 잡은 슈퍼히어로로 변신하고 있었다.

학교까지는 아무리 차로 빨리 달려도 20~30분은 걸리는

데, 그는 자식의 첫 해외 나들이를 위해 시간의 한계를 거스르는 액셀을 밟기 시작했다. 아버지가 선택한 방법은 새벽 시간을 틈 탄 과속 및 신호위반이었고, 몇 번의 위험천만한 순간을 넘기며 제시간에 딱 맞춰 학교 운동장에 나를 데려다놓았다. 조수석에 앉은 내가 기겁할 정도로 빠르게 달리는 데 열중하던 아버지의 옆모습은 앞으로도 잊기 어렵지 싶다.

친한 선배가 몇 년 전 이런 이야기를 했다. 인생의 첫 30년 정도를 자신이 주연인 삶으로 살아왔으면, 자식이 태어난 다음 30년 정도는 자식을 빛내주는 조연으로 내려오는 것도 어쩌면 당연한 일이 아닌가. 처음 들었을 땐 과연 그럴까 싶었다가 되새 길수록 고개를 끄덕이게 된다. 내 부모가 그랬고, 그 부모의 부모들도 그랬다. 법륜 스님이 곧잘 말하는 '순리'라는 것의 또 다른 표현이 아닌가 싶다.

그날의 아버지 모습이 각인된 것도 어쩌면 자신의 삶, 자신의 커리어보다 자식을 우선했던 남자의 모습을 극적으로 엿보았기 때문일 수 있다. 조연으로서 내 모습이 영 어색해 보이는 듯

한 멋쩍은 느낌이 들 때마다 떠오르는 장면이기도 하다.

　퇴근해 곤히 자고 있는 아이의 얼굴을 보는 게 더 익숙한 일상이지만, 그래도 조금 더 일찍 귀가해 아들이 요새 재미를 붙인 바둑도 같이 두고, 본인에겐 세상 무엇보다 중요한 이벤트일 태권도 승급 심사에도 얼굴을 내비치려고 노력하고 있다. 이 정도야 그날의 스피드에 비하면 껌이지 않은가 하며.

　다음주에는 엄마가 친지 분들과 함께 일본 여행을 떠난다. 한일 관계가 심상찮은 이 시기에 하필 일본이라니. 하지만 그보다는 형제분들 사이 엄마의 옆자리가 비어 있는 게 더 마음에 걸린다. 그래도 첫 경험은 항상 놀랍고 신기한 것이니, 엄마가 새로운 풍경에서 떠난 짝의 빈자리를 잘 메우고 오길. 휴가 내서 인천공항까지 배웅해드리는 것으로 20여 년 전 아버지에게 진 빚을 조금이나마 갚을 생각이다.

　물론 짐은 미리 싸놓고, 여유 있게 출발해서 티맵 안전운전 점수를 유지하는 선에서!

여름, 광장,
그리고 공룡메카드

***

덥다. 에어컨의 영향권에서 조금만 벗어나도 뜨거운 열기가 훅 끼쳐 들어온다. 한국이 이렇게 더웠던가 싶어서 인터넷을 찾아보니 그래도 1994년 기록을 아직 깨지 못하고 있단다. 〈응답하라 1994〉의 무대였던 그 해.

1994년 당시엔 여름이 유달리 덥다고 느끼진 못했다. 그 해 여름을 돌이켜보면, 벗의 자전거 뒤에 올라타 신나게 달렸던 기억, 그리고 마로니에의 '칵테일 사랑'이 어디서나 울려 퍼졌던 기억 외에는 특별히 생각나는 게 없다. 오히려 내겐 1990년대

초 여름날의 기억이 더 강렬하게 남아 있다.

그때까지 대전역 광장은 대통령 선거 주요 유세장이었을 만큼 넓은 공간이었다. 당시 서울시청 광장보다도 큰 면적이었다. 여름이 되면 이 대전역 광장에 더위를 피하러 나온 시민들이 삼삼오오 돗자리를 폈다. 대전역 바로 앞에 살았던 우리 가족도 그 인파 중 한 무리였다. 한여름 열대야에 광장이 시원해봤자 얼마나 시원했을까만은, 그렇게 느낄 법한 이유가 있었다.

당시 우리 가족은 조그마한 식료품 가게 한편에 딸린 방 한 칸에서 살았다. 여름에는 음료용 냉장고와 아이스크림 냉장고 두 대에서 나오는 열기가 빠져나가지 못하고 가게 안을 맴돌았다. 에어컨은 상상도 못하던 시절이었고, 창문 없이 막힌 공간은 여름만 되면 찜질방으로 변했다. 안에 있는 것 자체가 곤욕이었다. 밖이 아무리 무더워도 가게보단 백 번 나았다.

악착같던 어머니는 그 찜통 속에서도 자정 무렵까지 문을 열고 장사를 했다. 쉬이 잠들 수 없는 환경이니 아버지와 나, 동생은 돗자리 하나 들고 여름 내내 대전역 광장을 찾았다.

아버지는 돗자리에 누워 밤하늘을 바라보는 것을 좋아했다. 난 동생과 돗자리 위에서 투닥거리느라 땀에 푹 젖었을 때 어디선가 불어오는 서늘한 바람을 좋아했다. 지금 생각하면 말도 안 되는 피서였지만, 돌이켜보면 그저 좋은 기억이다.

얼마 전 대전에 일이 있어 갔다가 대전역 광장을 지나는데, 30년이 다 되어가는 그 여름날 생각이 났다. 역 앞은 그때나 지금이나 변한 게 없다.

포장마차에서 가락국수 한 그릇 시켜놓고
소주 한잔 하고 있는 아버지 모습이 그려졌다.

아버지는 올해처럼 무더운 여름이라도, 맥주는 술이 아니라며 거들떠도 안 보았을 것이다. 그리고 해질녘이 되면 소주 한잔 기분 좋게 걸치고 나와서는 광장으로 나섰을 것이다. 이렇게 말하면서.

"정민아, 돗자리 가져오자."

여름, 광장, 그리고 공룡메카드

주말이 아버지 귀 빠진 날이다. 살아계셨으면 예순네 번째 생신. 어머니는 아버지 모신 봉안당을 찾아 또 통곡하겠지. 이번에 난 어머니와 동행하는 대신 아들이 사족을 못쓰는 〈공룡메카드〉 뮤지컬을 함께 보러 집을 나섰다. 한여름에 태어나 60년 남짓 사는 동안, 아들에게 좋은 여름밤 기억을 남겨주고 간 아버지를 닮기 위해 조금이나마 노력하는 중이라고 위안한다.

돌아오는 길에 수현이가 타박을 준다. 이렇게 재미있는 뮤지컬을 보는데 어떻게 아빠는 옆에서 잘 수가 있느냐고, 전혀 이해를 못하겠다는 표정이다. 계속 뭐라뭐라 하는 걸 보니 커서도 오늘을 기억할 성싶다.

아버지가 곁에서 '좋은 아비가 된다는 것, 생각보다 힘들지?' 이렇게 속삭이는 것만 같다. '흥, 그래도 오늘은 아빠보단 아들이 먼저라구요. 내리사랑 아시지요?'

복숭아
향기

＊
＊
＊

　　　　　불현듯 과거의 기억을 불러일으키는 매개체들이 있다. 어렸을 적 줄곧 들었던 아티스트의 노래를 듣고 있노라면, 어느덧 그때 그 시절로 돌아간 듯한 느낌이 든다. 조용필과 나훈아 콘서트에 그렇게 많은 중장년 팬이 몰리는 것도, 김동률, 이적, 자우림, 이소라 콘서트가 열린다고 하면 나 역시 '이번엔 한번?'이라는 생각이 드는 것도 비슷한 이유일 것이다.

　　그렇지만 좀 더 본능적으로 과거를 소환하는 건 냄새가 아닐까 한다. 청각을 자극하는 음악도 강력한 매개체지만 그래도

음악은 이성이 약간이나마 작용하고 있는 느낌이다. 반면 후각을 자극하는 냄새는 두뇌 작용이 거의 없이 즉각적으로 과거의 기억을 불러일으킨다. 시장 바닥에서 나는 생선 냄새가 그렇고, 다른 나라에서의 매캐한 매연 냄새가 그렇고, 명절날 전 부치는 고소한 냄새가 그렇다.

그런 차원에서, 내 인생에서 잊지 못할 냄새 중 하나는 복숭아 향기다. 마트에서 혹은 거리에서 짙은 복숭아 향기를 맡는 순간, 그 향기는 초인종 누르는 것조차 힘겨웠던 작은 꼬꼬마 시절로 나를 데리고 간다.

할머니는 과일장수였다. 할아버지는 작은 복숭아밭을 일구는 농부였다. 할아버지가 복숭아를 거두면, 할머니는 복숭아를 나무 궤짝에 담아 읍내에 나가 팔곤 했다. 할아버지와 할머니가 터를 잡고 살던 동네 일대가 복숭아 산지였기에, 두 분도 주변 사람들과 크게 다를 것 없이 한평생을 살았다.

그런 조부모 밑에서 어린 시절을 보냈던 내게 복숭아 향기는 여름의 초입에 이르렀음을 알리는 향기였고, 가을바람이 불어오기 시작하는 9월까지 내내 익숙하게 달고 살던 냄새였다. 복숭아 밭에 가서 복숭아를 따는 할아버지와 함께 한나절을 지내고, 복숭아를 파는 할머니 옆자리에 앉아 이미 너무 짓물러 팔 수 없는 복숭아를 까먹으며 남은 시간을 보냈다. 그러다 어느덧 날이 서늘해지면 복숭아 나뭇가지들을 주워 땔감으로 썼다. 지금 생각해보면 참 귀한 경험이다.

그때는 하루하루 변함없이 계속될 것 같던 일상이었는데, 어느새 시간은 흘러 흘러 수십 년이 지났다. 나의 유년기를 가득 품어주었던 할아버지와 할머니, 그리고 자식을 맡겨놓고 정신없이 일하다 일요일에 잠시 아들을 들여다보고 갔던 젊은 아버지도 이제는 모두 떠나고 없다.

얼마 전 길을 걷다 과일 좌판을 지나며 진한 복숭아 향기를 맡았다. 여름이구나… 싶던 찰나, 나도 모르는 새 수십 년 전으로 타임머신을 타고 다녀왔다. 쨍쨍 내리쬐는 뙤약볕 아래 땀을 뻘뻘 흘리며 복숭아를 따던 할아버지, 어떻게든 한 개라도 더 팔아보겠다며 손님과 실랑이를 하던 할머니, 그리고 어느 서늘하고 깜깜한 밤에 끼익 소리를 내며 마당 밖 대문을 열고 들어오던 아버지의 모습이 한데 겹쳐졌다. 향기로나마 그 시절을 추억할 수 있다는 것, 그리고 이젠 누구도 알 수 없게 된 나만의 기억을 소환할 수 있는 매개체가 있다는 것만으로도 행복했다.

지인과 이야기를 나누다가 남프랑스 어느 마을에 가면 자신에게 맞는 향수를 맞춤식으로 만들어주는 가게들이 있다는 말을 들었다. 파트리크 쥐스킨트의 소설 〈향수〉의 모티브가 된 마을이란다. 문득 '나를 가장 잘 표현해줄 수 있는 향'은 과연 무엇일까 궁금했졌다.

돌이켜보면 내가 가장 곁에 두고 싶은 향기는
한여름날 쨍쨍한 볕을 받고 자란 복숭아에서 나는
그 향기가 아닐까 싶다.

나중에 기회가 되어 남프랑스의 그 마을을 방문하게 된다면, 나는 복숭아 향이 나는 향수를 만들어 달라고 청하고 싶다. 가능하면 백도의 향으로. 백도의 향은 황도보다는 약하지만, 그 나름의 은은한 향 그대로도 좋을 것 같다. 꼭 여름이 아니라도, 그 향수를 뿌리는 순간 과거의 추억이 지금의 나와 계속 이어지지 않을까. 안데르센의 성냥팔이 소녀가 그랬던 것처럼.

정신없이 일에 치이는 와중에 주위를 둘러보니 어느새 한여름이다. 남프랑스까지는 너무 먼 길이니, 일단 주말에 동네 마트에 가야겠다. 가서 실해 보이는 복숭아를 한 봉지 사서 아이들과 배불리 나눠 먹으며 새로운 추억을 쌓아봐야겠다.

한 발 잠시
떼었다가 밟는 거야

*
*
*

운전면허를 꽤 늦게 딴 편이다. 대학 다닐 때 또래들처럼 필기시험은 한두 번 봤지만 운전학원 다닐 돈이 생기면 차라리 조금 더 모아서 배낭여행을 가는 편을 택했다. 당장 굴릴 차도 없는데 굳이 실기시험까지 치며 면허를 딸 동기가 없었다.

졸업하고 회사에 입사하고 난 후 가끔 외근을 나갈 일이 생겼다. 언제까지고 선배들에게 신세를 질 수는 없었다. 새벽같이 일어나 운전학원에 다녔다. 지금까지도 여전히 유일한 국가공인

자격증은 그렇게 땄다.

　면허를 취득한 첫 주말에 자못 의기양양하게 대전 집에 오니, 아버지가 운전연습을 시켜주겠다며 길을 나서자 했다. 평소와 달리 아버지는 조수석에 앉았다. 반대로 나는 처음으로 운전석에 앉아 아버지의 손때가 묻은 핸들을 쥐었다.

　햇볕이 쨍하게 내리쬐는 여름이었다. 목적지는 집에서 한 시간이 채 안 걸리는 대둔산. 그곳까지 어떻게 닿았는지는 기억이 없다. 지금껏 경험한 것과 다른, 진짜 도로를 달리느라 잔뜩 긴장한 탓이다. 인적 드문 새벽에 학원 근처를 살살 돌던 것과 고속도로 주행은 전혀 달랐다.

　"어어어 어~" 같은 아버지의 겁에 질린 소리를 몇 번 듣긴 했지만 그래도 무사히 대둔산 주차장에 도착했고, 반환점을 찍었으니 돌아오기만 하면 될 일이었다. 속으로 휴우 하고 숨을 내쉬었다. 그래, 반쯤 해냈다.

　집으로 돌아가는 길에 난데없이 언덕 하나를 만났다. 내비게이션이 없던 시절, 왔던 길과는 다른 경로를 탔던 것이다. 비탈길에서 행여나 차가 뒤로 밀릴까 무서워 힘껏 가속 페달을 밟았다. 십 년이 넘어가는 구형 쏘나타는 한여름에 눈길을 만난 것마냥 힘겨워했다. 초보 운전자의 당황한 모습을 물끄러미 옆에서 보고 있던 아버지는 한마디를 툭 내뱉었다. 여느 때처럼 작업복 잠바를 입고 팔짱을 낀 채.

"아 한 발 좀 뗐다 밟어~"

드라마 〈동백꽃 필 무렵〉의 용식이는 명함도 못 내밀, 특유의 구수한 충청도 사투리였다. 이는 아버지의 츤데레 같은 원포인트 레슨이었다. 아버지 말대로 가속 패달을 밟은 발을 잠시 뗐다가 다시 꾹 밟으니, 차가 다시 힘을 내며 언덕길을 오르기 시작했다. 학원에서 갓 나온 초보가 오토매틱 차량의 기어 변속 메커니즘을 알 턱이 있나.

십수 년 전 일이지만 아버지가 해준 그 한마디가 종종 떠오르곤 한다. 그로서는 큰 의미를 담지 않은, 그저 처음 운전대를 잡은 아들이 안쓰러워 (혹은 생명의 위협을 느껴) 조언 한마디를 얹어주었을 뿐인데, 아들은 그 말 한마디를 평생 가슴속에 품고 살아간다. 아껴 먹는 육포처럼 두고두고 머릿속에 담아 두고 가끔 삶이 막막해진다 싶을 때 조심스레 꺼내본다.

육아휴직을 하기로 마음먹던 날의 출근길에 그날 정경이 떠올랐다. '한 발 잠시 떼어봐라. 그래야 힘내서 올라가지.' 아버지가 조수석에 앉아 이야기해주는 것만 같았다. 언제나 그러했듯 따스한 눈으로 나를 바라보며.

사는 게 운전과 비슷하다는 생각을 한다. 이놈의 언덕길은 왜 그리 많은지 한 고비 넘으면 또 한 고비가 온다. 그래도 다행이다. 원하는 목적지까지 안내해주는 내비게이션 같은 장치는 없지만, 적어도 아버지가 즐겨 보던 낡은 지도책 하나 정도는 유산으로 물려받은 것 같다. 가끔 길을 잃고 다른 방향으로 벗어나도 두렵지 않은 건, 먼저 살아본 경험을 엑기스로 만들어 아들에게 알게 모르게 전수해준 아버지 덕이다.

그렇게 나는
보살팬이 되었다

***

친구들이 "네 자식에게는 절대 물려주지 마라"라고 말한다. 술자리에서, 온라인에서 몇 번이고 쓴소리 한다. 너만 힘들면 되지 왜 앞길 창창한 애의 미래까지 힘들게 하냐며.

야구 이야기다. 이번 시즌에도 어김없이, 내가 응원하는 팀은 순위표의 맨 아래를 차지하고 있다. 최근 십몇 년간 비슷한 양상이었던지라 별로 놀랍지는 않다. 경기 결과를 확인할 때의 심정은 토요일 저녁 로또 결과를 맞춰보는 마음과 비슷하다.

"혹시…?" 이후엔 곧바로 "역시…"가 따라붙는다. 류현진이

메이저리그 가기 전에는 그래도 에이스 보는 맛이라도 있었지. LA를 떠나 토론토에 정착한 류현진을 생각하면 그것 또한 꽤나 오래전 이야기가 되었다. 누군가는 이제 그만 족하니 다른 팀으로 전향하라고 권한다. 김광현은 떠났지만 SK와이번스는 좋은 팀이다. NC(North Carolina)에서 살다 왔으니 NC다이노스는 어떤가? 요즘 구창모 끝내주지 않나.

나는, 그럴 수 없다. 야구를 아예 안 볼망정, 팀을 바꿀 순 없다.

1987년, 초등학교 입학도 전에 '빙그레 이글스' 어린이 회원이 되었다. 내 유년기 기억의 대부분이 그렇듯, 그날 야구장에서도 아버지의 손을 잡고 있었다. 노랑 꼬까옷을 입은 동생이 졸졸 뒤를 따랐다. 회원가입을 야구장에서 받았던 건가. 지금은 영어색한 영어식 이름으로 바뀐, 예전엔 공설운동장이라고 부르던 그곳에 들어선 아버지의 얼굴은 자못 결연했다.

"아들아, 너도 이제 대전 사람이다."

이렇게 말하는 것 같았다.

독수리가 새겨진 야구모자와 자줏빛 야구점퍼를 받아 들고 나는 멋모른 채 환하게 웃었다. 태어나서 처음 입어보는 유니폼이 신기하고 마냥 좋았다. 내가 어딘가에 소속되어 있다는 느낌이 묘한 안정감을 주었다. 동생은 샘이 나는지 자꾸 모자를 뺏어가려 했다. 서로 티격태격하고 있으니 아버진 두 아이들 손에 (해태!) 부라보콘을 한 개씩 쥐어줬다. 세상에, 슈퍼집 애들에게 아이스크림을 사주다니. 가게 보던 엄마가 알았으면 까무러칠 일이다.

운동장을 나오던 길에 아버지는 청동상 하나를 가리켰다.

"저 사람 누군지 모르지?"

알 턱이 없었다.

"윤봉길 의사다. 도시락 폭탄을 든."

자세히 보니 청동상은 왼쪽 손을 먼 곳을 향해 위로 쳐들고, 반대편 오른손에는 무얼 쥐고 있었다. 동상 옆을 걸으며 아버지는 노래를 흥얼거리기 시작했다.

"아 아 잊으랴, 어찌 우리 이 날을…."

비장한 행진곡 스타일의 이 노래는 군가 '6.25의 노래'였다. 멜로디가 마음에 들었는지 난 아버지와 함께 몇 번이고 그 노래를 따라 부르며 집에 왔다. 노래는 머리에 남았고, 그날 오후의 평화로운 정경도 가슴에 같이 남았다.

윤봉길의 도시락 폭탄을 유난히 강조하던 그날 기억만 없었
다면, 신문 스포츠면에서 '다이너마이트 타선'이란 말을 볼 때마
다 그날의 기억이 아버지의 곡조와 함께 떠오르지 않았다면, 나
는 과감히 다른 팀을 골라 마음껏 야구를 즐길 수도 있었을 것이
다.

그렇게 나는 보살팬이 되었다.

아버지를 떠나보내고 나선 왠지 야구를 더 챙겨 보게 된다.
사실 그날 이후 아버지랑 같이 야구장에 간 건 손에 꼽을 정도였
다. 처음 느낌이란 것이 그렇게 강렬하다.

아들은 야구에 그다지 관심이 없다. '그럼 혹시 축구는?'이
라고 생각했으나 역시나 관심이 없다. 요즘 이 녀석의 관심은 온
통 〈신비아파트〉와 〈포켓몬〉에 쏠려 있다. 젊디 젊은 나이에 아
파트와 진화론에 관심을 갖기 시작했으니, 이걸 다행이라 생각
해야 하는 건가.

수현이를 한화 이글스 어린이 회원에 가입시킨 해, 11년 만

의 포스트시즌 진출이라는 기적을 맛봤다. 수현이가 수리 유니폼을 입고 늠름하게 야구장 앞에 서 있던 모습을 기억한다. 다시 가을 점퍼를 입고 야구장에 가게 되는 날이 온다면, 아들은 얼마만큼 자라 있을까. 그때도 수현이는 아빠를 따라 이글스를 응원하고 있을까. 아니면 쿨하게 다른 팀으로 떠나 있을까.

아들, 아빠는 계속 이글스에 남아 있겠지만, 앞으로 네가 정말 좋아하는 선수와 팀이 생긴다면 충분히 존중해줄게. 야구란 게 참 재미있는 스포츠야. 피카츄가 라이츄가 되고 파이리가 리자몽이 되는 것처럼, 앳된 신인 선수가 어느덧 리그를 씹어먹는 선수가 되고, 아주 가끔은 메이저리그 최고의 선수가 되기도 해.

야구장을 오가며 쬐었던 햇살과, 어느 날 무심코 들은 노래가 사람의 미래를 변하게 만들 수 있다고, 아빠는 그렇게 믿는단다. 마스크를 벗고 마음껏 활보할 날이 오면 같이 한번 야구장에 가지 않으련? 아빠는 윤봉길 청동상이 요즘도 제자리에 잘 있는지 너무 궁금하거든.

로또 마니아의
아들

사람은 죽을 때 유품을 남긴다. 유품(遺品)의 사전적 의미는 '고인이 생전에 사용하다 남긴 물건'이다. 대다수 사람들은 죽음 직전까지도 본인의 죽음이 임박했음을 부정하고 실낱같은 삶의 희망을 부여잡는다. 생전에 웬만한 물건을 모두 정리하고 세상을 뜨는 경우는 과연 얼마나 될까.

유품을 정리하는 것은 남은 이의 몫이다. 상주는 슬퍼할 겨를이 없다. 고인을 장례식장으로 옮기기 위해 병원에서 사망진단서를 발급받을 때부터 유품 처리가 시작된다. 당장 고인이 입고 있던 환자복부터가 유품이다. 벗겨서 반납하거나, 반납을 포기하는 대신 환자복 비용을 치러야 한다. 인정머리 없다는 생각이 아주 잠깐 스치지만, 그것 말고도 짧은 장례를 치르는 동안 신경써야 할 일이 한두 가지가 아니기에 반쯤 혼이 나간 상태에서 비용을 지불한다.

장례 후 집에 돌아오면 더욱 심란하다. 집에는 망자의 손때가 묻은 물건들이 쌓여 있다. 이사 한 번 안 가고 수십 년을 산 집이라면 더욱 그러하다. 좋은 날이 오면 입으려고 옷장 깊숙이 고이 넣어둔 옷들, 집안 곳곳의 고장난 물건을 고칠 때 쓰던 각종 공구, 오래되어 색이 바랜 책들, 낡은 지갑…. 주인을 잃어버린 물건들은 떠나지 못하고 그 자리에 머물러 있다.

산 사람은 살아야 한다. 유품을 정리해야, 떠나보낼 수 있다. 취할 것은 취하고, 버릴 것은 버린다. 그래야 그 공간에서 다시 숨쉬며 살 수 있다.

아버지의 유품을 정리하면서 가장 어이없었던(!) 물건은 지갑에서 나온 로또 한 뭉치였다. 같은 회차도 아니고, 여러 회차분의 로또가 지갑에 고이 들어 있었다. 아이고 이 양반….

생전에 아버지는 종종 로또를 사곤 했다. 오천 원씩. 용돈도 별로 많지 않던 분이 담배보다 비싼 로또를 샀다. 그리고는 '로또만 되면 너네 엄마 아파트 한 채 해주고 네 동생 차도 한 대 사주고…' 이렇게 나름 진지한 계획을 이야기했다. 그 모습이 그땐 솔직히 영 마뜩잖았다. 차라리 담배를 태우시지 왜 애먼 돈을 태우시나.

복권은 투자하는 금액 대비 기대수익이 굉장히 낮다. 이성적으로 판단하면 구매해선 안 되는 상품이다. 복권을 사는 것은 절대 이길 수 없는 카지노 게임에 참여하는 것과 같고, 복권 발행 주체인 나라에 자발적으로 세금을 내는 것과 다를 바 없다. 그럼에도 사람들은 로또를 산다. '나는 운이 좋아 다를 것'이라는 믿음으로. 이런 수요가 한 해 4조 원가량 발생하는 복권 판매수익을 떠받치고 있다고 한다.

아버지도 똑같이 로또를 샀다. 즉, 아버지는 변변치 않은 살림에도 나라에 꾸준히 세금을 더 내고 있던 게다. 소주를 마시고, 운전을 할 때처럼. 당신도 모르게, 그리고 아주 성실하게. 여느 소시민들과 마찬가지로.

로또 마니아의 아들

수십 장의 로또를 가지고 로또 판매점에 갔더니 오만 원짜리 한 장, 그리고 오천 원짜리 세 장이 당첨되었다고 알려줬다. 완전히 날린 건 아니구나. 육만 오천 원을 아들에게 마지막 용돈으로 준 셈이긴 한데, 뭔가 불편한 느낌을 지울 수 없었다. 그 로또 뭉치를 안 사고 그냥 현금으로 두었더라면 두 배는 되었을 텐데. 역시나 마지막 가는 때까지 돈이랑은 참 인연이 없는 분이셔… 하고는 지나갔다.

유품을 모두 정리하고 나서 한동안 잊고 있었다. 그러다 지난 봄부터, 길을 지나다 보이는 로또 표시가 눈을 사로잡기 시작했다. 로또가 된 이후의 삶에 대해 굉장히 진지하게 말하던 아버지 모습이 자꾸 눈앞에 떠올랐다. 요새 아버지가 좀 보고 싶은가 보다 하고 넘어갔는데, 어느 날 아이에게 동화책을 읽어주다 퍼뜩 깨달았다.

아버지에게 로또는
성냥팔이 소녀의 성냥 같은 것이었구나.

마지막 남은 로또 뭉치는 타고 남은 성냥과도 같았다. 아버지가 내게 얘기하던, 풋사과같이 설익은 로또 당첨자의 미래는 동화 속 소녀가 그리던 꿈과 본질이 다르지 않았다. 가장으로서의 꿈, 생전에 이루고 싶던 소박한 꿈. 오천 원을 내고 일주일짜리 꿈을 꿀 수 있다면 아버지에게도 크게 손해 보는 베팅은 아니었겠구나 싶었다.

커피 두어 잔 값치곤 나쁘지 않은 투자다. 이성적이고 합리적인 판단이 늘 행복을 가져다주지는 않음을 이제야 조금씩 깨우치고 있으니까.

꿈에 잘 나오시는 편은 아니라, 가끔 아버지가 보고 싶을 때면 로또 판매점에 들어간다. 그리고 로또를 만 원어치씩 산다. 지갑 속에 꽂아넣고는 한 주 동안 돈을 꺼낼 때마다 언뜻언뜻 보면서 아버지를 떠올린다.

"아들, 앞으로 살면서 진짜 힘들 땐 말이야, 아빠가 이 성냥 켜서 너 따뜻하게 해줄게. 걱정 말고 오늘도 열심히 살아."

로또를 보고 있자면 아버지가 이렇게 말하는 것만 같다.

생전의 아버지 마음에 공감하는 데 이렇게 오랜 시간이 걸린다. 돌아가시고 한참이 지나고서야 비로소 이해한다. 한 가지씩, 한 가지씩.

부자의
목욕

***

얼마 전부터 주말 아침에 사우나에 다니기 시작했다. 사람들이 깨어나지 않은 시간, 아직 세상이 조용할 때 따뜻한 물에 몸을 담그고 이런저런 생각을 하는 게 나쁘지 않아 여건이 허락할 때마다 종종 찾고 있다.

이번 주에도 어김없이 사우나에 들어와 있는데, '끼익' 하고 문 여는 소리와 함께 한 부자가 서로 손을 붙잡고 들어온다. 딱 나와 아들 또래 정도 되어 보인다. 지난번에도 저만한 아이가 아빠와 함께 왔었는데 하고 생각하는 찰나, 아이는 사우나 안을 이리저리 뛰어다니다 아빠한테 한 바가지 혼난다. 그러고선 조금 시무룩해 있다가 다시 언제 그랬냐는 듯 아빠 얼굴을 보고 까르르 웃는다. 나를 포함해 주변에 있는 무뚝뚝한 아저씨들 얼굴에 조금이나마 웃음기가 피어오르는 게 보인다. 아이 하나의 몸짓이 이 작은 공간에 온기를 불어넣어준다.

그러고 보니 나도 30여 년 전에는 아버지 손을 잡고서 목욕탕에 왔었구나. 그것도 매주, 마치 영원히 그러할 것처럼. 은성장이었나 미성장이었나. 이젠 이름마저 가물가물하다.

그땐 일요일 아침마다 뒷골목에 있던 목욕탕에 가는 것이 가장 중요한 주말 일과였다. 작은 가게에 붙어 있는 방 한 칸에서 네 가족이 살았던 시절, 화장실도 없는데 샤워는 더더욱 불가능했다. 일주일에 한 번 몸을 씻으려면 목욕탕 외에는 별 방법이 없었다. 새집 진 머리로 졸린 눈을 비비며 목욕탕에 가서, 온몸이 빨갛게 될 때까지 아버지에게 때밀이를 당하고, 요구르트 하나 빨며 나오면 어느새 나른한 점심 무렵이었다.

교외 아파트로 이사 가기 전 초등학교 고학년 때까지 거의 빼먹은 적 없던 일상의 공간 목욕탕. 그 공간에 차곡차곡 쌓인 기억을 나는 어느새 까맣게 잊고 살고 있었다.

목욕탕에서 아버지와 매 주말 아침을 보내며 여러 가지 에피소드를 겪었지만, 그중 하나는 지금도 어제처럼 생생히 기억난다. 어린아이에게는 꽤나 황망한 사건.

온탕과 냉탕을 몇 번이고 왔다갔다 하던 아버지의 피부는 언제나 새빨갰다. '시뻘겋다'라는 표현이 더 적절하려나. 시뻘건 피부는 탕 밖에 나와서도 한동안 가라앉지 않았다. 다른 아저씨들보다 빨간 몸 때문에 멀리서도 구분하기 쉬웠다. 그날도 난 탕밖에 나와서는 이리저리 뛰어다니다가 아빠 몸을 발견하곤 불룩 나와 있는 배를 '철썩' 소리가 나도록 세게 때렸다. 근데 뭔가 익숙한 촉감(!)이 아니어서 위를 올려다보니, 엄청 험상궂은 아저씨가 내려다보고 있는 것 아닌가. '젠장, 망했다'라고 쓰기엔 어딘가 부족한, 글로는 표현하기 어려운 그런 느낌을 살면서 처음받았던 순간이었다.

욕조가 있는 아파트로 이사를 가고, 알몸을 보이는 게 부끄러운 사춘기가 되면서 목욕탕은 자연스레 내 일상에서 멀어졌다. 매주 최소 한두 시간은 아버지와 맨몸으로 투닥거린 시절도 애초부터 없었던 시간인 양 지나갔다. 어른이 된 후에는 아버지와 몇 번이나 목욕탕에 갔을까. 서울로 대학을 간 다음에는 일 년에 얼굴 몇 번 보기도 쉽지 않았으니, 지난 20여 년 통틀어 아버지와의 목욕탕 나들이는 많아야 한 손에 꼽을 정도에 그칠 것이다.

나중엔 조금 컸다고 아버지 등을 때밀이 수건으로 밀어드렸다. 그때 아버지는 비록 말은 안 했지만, 잠시나마 행복을 느끼지 않았을지. 청년에서 장년이 되어가는 내내 없이 살았고, 매일 밤 소주병을 끌어안고 살 만큼 힘든 삶이었지만, 그래도 같이 목욕탕 다니던 아들이 뒤에서 등을 밀어줄 땐 혼자 웃고 계시지 않았을까. 이것밖에 못 미냐고, 힘 좀 더 줘서 세게 밀라고 툴툴거리면서도.

지금도 눈앞에 그려지는 아버지의 등짝은
이제 세상 어디에도 없다.

투병하시던 마지막 두 해, 어머니가 아버지 목욕시키느라 고생이 이만저만이 아니었다는 이야기가 늘 마음에 걸렸다. 정작 필요한 땐 제자리에 없는 자식. 자식이라는 게 다 소용없구나 하는, 틀린 것 하나 없는 옛말의 증명. 공부하느라 어쩔 수 없다는 평생의 변명, 그리고 내 아이와 뭐 하나라도 더 함께해야 해서 어쩔 수 없다는 새롭게 추가된 변명은 그저 말 그대로 변명일 뿐.

잠결에 뒤척이는 아들에게 "아빠랑 목욕탕 갈래?"라고 스리슬쩍 물어보니, 아들의 대답은 역시나 "싫어"다. 암, 그게 사우나든 목욕탕이든, 아빠랑 일찍 집 나서는 것보다 꿈나라에서 트와이스 누나들이랑 춤추는 게 낫지.

그래도 아들, 지나고 나면 아빠랑 목욕탕 같이 갔던 것도 좋은 추억이 될 거야. 혹시 아니? 요구르트에 더해서 엄마 몰래 장난감이 들어 있는 초코 과자도 사줄지. 그러니 다음에는 꼭 아빠랑 목욕탕에 함께 가자.

요새는 사춘기도 빠르다던데… 나는 아들의 잠자는 모습을 보며 자못 조바심만 내고 있다. 일에 치여 일상의 소중함을 가꾸만 까먹고 있을 때, "뭣이 중헌디?"하며 하루하루를 잘 보내라고 말해주는, 조금 먼저 떠난 아버지 덕분에.

피자와
아버지

*
*
*

어릴 때나 지금이나 피자 같은 패스트푸드를
좋아한다. 나이를 먹으면서 예전만큼 자주 찾진 않지만, 그래도
입맛이 크게 바뀌진 않았다.

피자를 처음 먹었던 순간이 머릿속에 또렷이 남아 있다.
1990년대 초일 것이다. 그때까지 TV에서 보기만 했지, 피자라
는 고급(!) 음식을 실제로 먹어본 적이 없었다. 무슨 이유에서인
지 며칠 동안 부모님께 피자 사달라고 떼를 썼다. "엄마 아빠 둘
다 맨날 늦게까지 돈 버는데 그깟 피자 사 먹을 사천 원이 없냐"

라고 밤마다 빽빽 소리를 지르다 잠들었다(당시 내가 알고 있던 피자 한 판 가격이 사천 원이었다).

아이가 매일 피자 노래를 불러대니 부모님도 지쳤던지, 어느 주말 저녁 난생처음 그놈의 피자라는 걸 먹으러 대전 시내로 갔다. 장소도 또렷이 기억하는데, 은행동에 있다가 얼마 후 사라진 웬디스였다.

생전 처음 시킨 피자는 하얀 치즈에 고기가 듬성듬성 박힌 불고기 피자였다. 네 가족 수에 맞춰 네 조각으로 나뉜 피자가 TV에서 본 것과 모양새가 영 달라서, 그리고 생각보다 맛이 없어서 적잖이 실망했던 기억이 난다. 돌이켜보면 피자 전문점도 아닌 햄버거 가게에서 파는 피자가 제대로 된 피자였을 리가 없다.

게다가 콤비네이션 등 다른 피자는 좀 더 비싸서 그나마 싼 불고기 피자를 시켰으니 TV에서 본 것과 모양이 달랐던 것도 이해가 된다. 딱딱한 플라스틱 의자에 앉아 가족끼리 무슨 이야기를 나눴는지는 기억이 안 난다. 아마도 맛없다고 돈 아깝다고 내내 불평하지 않았을까.

피자도 피자지만, 그날은 여전히 스냅샷처럼 또렷이 남아 있는 장면 때문에 내겐 좀 더 특별했다. 쌀쌀한 밤 기운을 느끼며 함께 집으로 걸어오는데 당시 대전 중심가였던 중앙데파트즈음에서 아버지가 짐짓 결의에 찬 표정으로 나와 동생을 돌아보며 이야기했다.

"오늘 피잔지 뭔진 몰라도 우리 자식들 이렇게 맛있게 먹는 모습 보니 기분 최~고여. 그동안 돈 번다고 너희들이랑 시간을 많이 못 보낸 것 같아서 그건 아빠가 정말 미안허다. 앞으로 한 달에 한 번씩 외식하자. 아빠랑 니들이랑 약속!"

정확한 말은 기억 안 나지만 대략 이런 느낌의 선언이었다. 정말? 정말? 한 달에 한 번씩 외식이라니! 그 자리에서 동생과 마냥 팔짝팔짝 뛰었다. 아버지의 즉흥적인 약속이었던지라 그다음에는 흐지부지 되어버렸지만, 그날 밤 행복해 보이던 아버지의 모습은 패스트푸드점에 가거나 피자를 먹을 때 종종 생각난다.

돌이켜보면 그날 밤의 아버지 모습이 내겐 오래도록
'믿음직한 가장'과 동의어로 남아 있었다.

삼십 대 중반, 지금 내 나이 또래의 아버지가 남겨놓고 간 사소한 추억을 퇴근길에 더듬으며, 이미 곤히 잠들어 버린 아이의 얼굴을 살며시 쓰다듬어본다.

　아빠, 지난주에 아이들 데리고 외식했어요. 보고 계시죠? 저희 이렇게 잘 지내고 있어요. 일 년 전 이맘때 황망한 마음은 이제 많이 가셨지만, 아이들 하루하루 클 때마다 아빠 얼굴을 자연스레 떠올리게 돼요. 꿈속에서나마 자주 뵙고 싶은데 그것조차 맘처럼 쉽지 않네요. 오늘은 맥주 한잔 옆에 놓고 옛날 사진들 보며 아쉽고 헛헛한 마음을 조금이나마 달래봅니다.

다시 여기
해운대 앞바다

* * *

아이들과의 여행은 챙길 것투성이다. 온갖 돌발상황에 대처해야 하기 때문에 옷도 여러 벌, 먹을 것도 여러 종류를 준비해야 한다. 단출하게, 호젓하게 떠나는 여행은 대체 언제쯤 가능하려나. 시계를 보니 결국 늦었다. 아직도 잠이 덜 깬 아이 둘을 들쳐 업고 정신없이 서울역으로 내달렸다.

가쁜 숨을 내쉬며 자리를 찾아 앉으니 열차가 천천히 움직이기 시작했다. 낯선 자리에 앉아 두리번거리는 아이들을 달래며 준비한 아침을 먹여보지만, 한강을 건너기도 전에 이미 칭얼

거림은 시작되고 말았다. 둘째가 바둥거리며 빼액 소리를 지르는 순간, 객차 안 승객들의 시선을 피하기 어려웠다. 민폐도 이런 민폐가 없다. 결국, 아내와 나는 번갈아 아이들을 안고 객차와 객차 사이 통로에서 두 시간을 보내야 했다. 유튜브로 뽀로로를 볼 수 있게 해준 이들에게 그저 감사하며.

부산역까지는 정확히 두 시간 십 분이 걸렸다. 기차에서 보낸 두 시간이 스무 시간처럼 느껴졌다.

무리한 여행을 떠난 건 순전히 내 욕심 때문이었다. 가을이 지나기 전에 꼭 부산을 찾고 싶었다. 친구들도 만나고, 맛있는 음식도 먹고, 아버지도 만나고 싶었다. 기차 속 난리통은 욕심의 대가였던 셈이다. 그리고 수십 년 전 어린 나와 동생이 저질렀을 난리통에 대한 대가이기도 했다.

대전은 내륙 한가운데에 있어 바다 보기가 쉽지 않다. 지금이야 교통이 좋아져서 전혀 다른 이야기가 되었지만, 내비게이션이 없던 시절에는 서해안만 가려 해도 서너 시간은 족히 걸렸다. 1990년대에도 그랬으니, 그전에는 말할 것도 없었을 게다. 바다를 보러 가는 건 놀이공원 나들이처럼 신비와 모험의 나라로 떠나는 설레는 사건이었다. 아버지와 부산에 처음 간 것은 30여 년 전, 1987년 가을이었다. 마흔 넘을 때까지 제주도도 한 번 못 가본 아버지에게 부산 여행은 당신이 선택할 수 있는 가장 먼 거리의 가족 여행이었다.

안타깝게도 첫 여행은 남아 있는 기억이 거의 없다. 내가 해운대 바닷가에서 발가벗고 놀았다는 기억은 집에 걸린 액자 속 사진을 통해 사후적으로 확인한 사실일 뿐, 구체적인 정황은 전혀 기억나지 않는다.

그나마 어렴풋이 남아 있는 것은 아스라이 부서질 것 같은 희미한, 단편적인 장면이다. 바로 부산까지 가는 통일호 기차 안이다. 각진 초록색 의자에 네 식구가 마주보고 앉아 주황색 망 속에 들어 있는 삶은 계란을 까먹고 있었다. 그리고 계란 한 알을 손에 든 채 무언가를 열띠게 이야기하던 젊은 아버지.

어른이 되어 기차에서 창밖을 보면, 30년 전의 그 초록색 통일호 기차가 떠오르곤 했다. 첫 번째 가족 여행. '우리 가족은 그럭저럭 잘 살아가고 있습니다'라는 문장을 이미지로 표현하라고 하면 바로 떠올릴 법한 그 순간. 유년기의 기억이 이렇게 깡그리 사라질 수 있다는 것이 놀라울 따름이지만, 그래도 그 순간이 흐릿하게나마 남아 지금까지 나를 든든히 지켜줬는지도 모른다.

열차가 대전을 지날 즈음 깨달았다. 그러니까 운전이 귀찮다는 이유로 자동차를 놔두고 부산행 열차를 탔지만, 나는 30년 전 기차 안에서의 아버지를 다시 한 번 만나고 싶기도 했던 것이다.

아이 둘을 데리고 다니는 여행은 부모 입장에선 여행이라기보다는 고행이다. 부모라면 누구나 안다. 사진 속에서야 즐거운 모습 한가득이지만, 카메라 앵글 밖은 그야말로 아수라장인 것을. 그래도 어떻게든 바다도 보고 해산물도 먹으며 사흘을 지냈다.

그러면서 똑같이 두 아이를 데리고 부산을 찾은 30년 전 삼십 대의 아버지를 추억했다. 가만있자… 그날이 무슨 요일이었지? 예전 사진에 찍혀 있는 날짜를 찾아보니 역시나 일요일이다. 월요일부터 토요일까지 주 6일 일하는 것도 모자라 일요일도 격주로 일하던 시절. 부산까지 당일치기 여행을 감행하려면 큰맘을 먹지 않고선 어려웠을 것이다.

새벽같이 일어나 열차에 오른 아버지는 상상이나 했을까. 부산의 수려한 풍광을 아이들에게 보여주고 싶어 하루를 열흘처럼 바삐 돌아다녔을 텐데, 정작 아이의 작은 머릿속에 남은 것은 열차 안에서 계란 까먹던 순간뿐이라니.

그래도, 다행이라고 말하리라.
서른 살의 아버지도, 예순 살의 아버지도 똑같이.
아이들 데리고 다니느라 몸은 힘들지만,
이렇게 복닥복닥 지내는 것이 삶이고,
그 가운데 오래 잊지 못할 기억 하나 건졌다면 그걸로 됐다고.
그 기억이 어떤 것이든.

해운대 앞에서 아이들과 함께 사진을 찍었다. 30년 새 해운대 풍경도 많이 바뀌었다. 아마 30년 후의 풍경도 지금과는 다르겠지. 시간은 어김없이 흘러가고, 옛 사람들은 사라지고, 새로운 세대는 자라난다.

30년 후 너희들은 이번 여행을 기억할까? 너무 어릴 적이라 아마 어렵겠지. 그래도 어느 한 자락이 기억에 남는다면, 그게 너희들 삶을 조금이나마 풍요롭게 만들어주면 좋겠구나.

다시 여기 해운대 앞바다

달릴 수 없는
슬픔

*
*
*

　조깅을 시작했다. 조깅이라니! 원체 운동과는 거리를 두고 살아온 인생이다. 지인들이 들으면 놀랄 일이지만, 그저 좀 더 살려는 몸부림이라고 해두자. 어쨌든 조금씩 운동 횟수와 거리를 늘려가고 있다.

　'내 몸에 맞는 형태의 뜀박질이란 무엇인가'라는 주제를 두고 다양한 시행착오가 있었다. 무심한 표정을 한 채 옆으로 휙휙 지나가는 마라톤 클럽 어르신들을 보면 냉큼 비켜드리고 뒤에서 나긋나긋 뛴다. 괜히 이분들 따라붙었다간 오버페이스해서 오백

미터도 더 못 뛴다는 것을 안다. 무모한 도전을 했던 어느 날 이후, 빨간색 노란색 파란색 조끼 입은 분들을 보면 생각한다.

'아 신선님들 오셨네. 존경.'

몇 달 뛰다 보니 자연히 에어팟을 끼고 뛰게 되었다. 무언가 다른 소리가 귀에 들어오면 달리기 초보자로서 어쩔 수 없이 내뿜는 숨가쁜 소리를 더는 의식하지 않게 된다. 음악과 오디오북, 팟캐스트를 시험삼아 듣다가 〈배철수의 음악캠프〉와 〈이슬아의 이스라디오〉를 번갈아 듣는 걸로 패턴이 정착됐다. 장년과 청년, 음악과 낭독의 조합이랄까. 팟캐스트를 켜고, 준비운동을 하고, 레디. 셋. 고. 얼마간 등에 땀이 차면, 그때부턴 뛰고 있다는 것을 잊는다. 흘러나오는 이야기에 서서히 정신을 빼앗긴다. DJ들이 부리는 마법 속으로 빠져들어간다.

6월 30일, 한 해의 절반을 지나던 아침이었다. 팟캐스트로 들으니, 그날 아침 귀에 걸린 것은 하루 전인 6월 29일 방송이었다. '철수는 오늘'이라는 코너를 들으며 설렁설렁 뛰다 그만, 턱 멈춰 서고 말았다. 배철수 DJ가 '너 오늘이 무슨 날인 줄 알고 뛰고 있느냐'고 묻는 것만 같았다.

이야기는 박진주라는 작가로부터 시작했다. 노벨문학상 수상 작가이자 자선사업가로 유명한 펄 벅이 한국에 방문할 때 지어 쓴 이름이다. 대학 시절 펄벅재단에서 자원봉사활동을 했던 인연도 있었던 터라 반가운 마음에 평소보다 좀 더 귀담아듣고 있었다. DJ는 펄 벅의 글을 빌려 '달랠 수 없는 슬픔'에 대해 이야기했다.

"이 세상에는 두 가지의 슬픔이 있다.
달랠 수 있는 슬픔과 달래지지 않는 슬픔이 그것이다.
달랠 수 있는 슬픔은 살면서 마음속에
묻고 있을 수 있는 슬픔이지만,
달랠 수 없는 슬픔은 삶을 바꿔놓으며
그 자체로 삶이 되기도 한다.
사라지는 슬픔은 달랠 수 있지만,
안고 살아가야 하는 슬픔은 영원히 달래지지 않는다."

DJ가 펄 벅의 글을 통해 이야기하고자 한 것은, 25년 전인 6월 29일 일어난 삼풍백화점 붕괴사고의 기억이었다. DJ는 말했다. 한 세대 가까이 지나며 많은 이들의 기억에서 희미해졌지만, 어디선가 '슬픔을 감당하며 삶을 살아가는' 사람들이 있다고. 달래지지 않는 슬픔을 가슴에 안고 사는 그들에게 오늘은 여전히 가슴 아픈 하루일 것이라고.

그렇네. 함께 기억해주지 못했다. 남 이야기가 아닌데.

25년 전 6월 29일, 하필 그날 아버지는 서울에 있었다. 아마도 거래처 출장이었을 것이다. 백화점이 무너졌다는 충격적인 뉴스를 TV를 통해 전해 듣고 있는데, 아버지가 오늘 서울로 출장 간다던 기억이 퍼뜩 났다. 휴대폰이 없던 시절, 삐삐도 없었는지 그날 늦게서야 전화가 됐다. 일 때문에 바빴던 아버지는 꽤 나중에 사고 소식을 접했단다. 그는 사고 현장에서는 꽤 떨어진 곳에서 일하고 있었다. 연신 괜찮다며 가족들을 안심시켰고, 내 아버지는 곧 가족의 품으로 돌아왔다. 한순간 철렁했던 중학생 마음은 그렇게 가라앉을 수 있었고, 삼풍백화점 붕괴는 곧 '남의 이야기'가 되었다.

그땐, 언제까지고 남의 이야기로만 남을 줄 알았지.

사람으로 사는 이상, 언제고 한 번은 소중한 존재와의 이별을 맞닥뜨리게 된다. 부모 형제든 절친한 벗이든 혹은 반려견이

든. 당장 이별하지 않아도 된다고 안도하는 것도 잠시뿐이다. 영원히 내 옆에 있길 바라는 마음은 자연의 순리를 넘어서는 것이기에 언제고 배반당할 수밖에 없다. 그리고 그 이후론, 살아간다. 가슴속에 달래지지 않는 슬픔을 안은 채.

사람이 할 수 있는 일은 그저, 계속 스스로 일깨우는 것뿐 아닐까. 지금 이 순간 눈을 마주볼 수 있다는 것, 물성을 가진 존재로서 서로 느끼고 만질 수 있다는 것에 감사하자고. 그리고 이러한 슬픔이 나 혼자에게만 오는 것은 아니며, 모두가 언제고 적어도 한 번은 겪게 될 슬픔이라는 사실이 작게나마 위로가 될까. 누군가에게는.

엄마 얼굴을 보아하니, 썩 위로가 된 것 같진 않다.

가을

비빔밥
두 그릇

*
*
*

한 배에서 나왔어도 어찌 이리 다를까 싶다. 이번 주말도 어김없이 식탁 머리에선 전쟁의 연속이다. 큰애는 뭐를 만들어주든 입에 대려고도 안 하고, 둘째는 뭐라도 하나 더 집어먹으려 반찬 그릇에 손을 푹 집어넣어 난감하게 만든다. 그래도 부모 입장에선 이것저것 가리지 않고 먹는 둘째가 그나마 낫다(요거트는 먹는다기보단 바르는 것에 가깝지만).

입이 짧은 큰애는 이러다 제대로 못 크는 게 아닌가 하는 걱정에 속이 탄다. 좋아하는 만화와 장난감으로 이리저리 구슬려

보지만, 밥 한 그릇, 국 한 사발 먹이는 게 보고서 한 편 쓰는 것보다 훨씬 어려운 미션이다.

원래 마른 사람이 별로 없는(!) 집안이라 크면 낫겠지 하고 애써 마음을 가라앉혀보지만, 걱정이 떠나질 않는다. 얼마 전 병원에 갔다가 큰애의 몸무게가 하위 99%라는 말을 듣고 유명한 영양제 잘*톤도 사 먹였건만, 여전히 눈에 띄는 변화는 없다.

'암묵지'라는 개념이 있다. 언어로는 전달되기 어려운, 경험으로만 쌓을 수 있는 지식. 언어로 소통할 때도 보디랭귀지가 커뮤니케이션에서 굉장히 큰 부분을 차지하는 것처럼, 인류가 쌓은 지식의 총량에서도 이 암묵지가 반대 개념인 '형식지'보다 훨씬 크지 않을까 싶다.

육아는 그야말로 암묵지의 끝판왕이 아닐까. 부모는 아이를 키우기 전 어디에서도 체계적인 육아 교육을 받지 못한다(문화센터에서 하는 몇 주짜리 예비부모 교육은 예외로 하자). 아이를 낳아 기르면서 수많은 시행착오를 겪고, 첫 아이는 어리숙한 부모가 연발하는 갖가지 실수를 온몸으로 받아내야 하는 운명에 처한다.

초보 부모 딱지를 달고 좌충우돌하는 인간이 얻는 가장 큰 소득은, 부모가 되면서 자신의 부모에 대한 이해의 폭이 넓어진다는 점이다. 내가 가장 가까이서 접했던 부모의 모습, 즉 내 아버지와 어머니의 젊은 시절을 돌이켜보면서.

중학교 3학년 때 집에 자동차가 생겼다. 지금 생각해보면 고등학교에 진학하면 먼 거리를 통학할 수도 있는 나 때문에 구입한 차였다. 자신 때문이 아니라 자식 때문이었지만, 그래도 마흔이 훌쩍 넘어 자가운전자가 된 아버지는 당시 내가 보기에도 너무나 기분이 날아갈 듯 좋아 보였다.

할부로 구입한 진녹색 쏘나타3를 인도받은 첫 주말, 아버지는 나와 동생을 데리고 당신 인생 첫 '교외 드라이브'에 나섰다. 내비게이션은커녕 휴대폰을 가진 사람도 얼마 없던 시절이라, 지도를 보고 물어물어 대전에서 한 시간쯤 떨어진 칠갑산을 찾았다. 순전히 아버지가 노래 '칠갑산'을 좋아한다는 이유로.

20여 년이 흐른 지금 머릿속에 남은 건 칠갑산 앞 어느 식당에서의 기억뿐이다. 우리는 점심시간이 한참 지나 산 입구에 도착했고, 아버지는 허기진 우리를 데리고 우리나라 산 어디에나 있을 법한 식당에 들어갔다. 그런데 자리에 앉아 아버지가 메뉴판을 보더니, 산채비빔밥을 두 그릇만 시키는 것이 아닌가? 으잉? 우리는 셋인데?

아버지 주머니에는 비빔밥 두 그릇을 시킬 돈밖에 없던 것이다. 기분이 너무 좋은 나머지 아무 생각 없이 길을 나섰고, 밖에서 점심을 사 먹는다는 생각도 못한 사람의 지갑에 현금이 넉넉히 있을 리 만무했다.

우리 사정을 봐줄 만한 인심 좋은 주인이 아니었던지, 비빔밥은 주문한 대로 딱 두 그릇이 나왔다. 비빔밥은 나와 내 동생 앞에 놓았다. 맞은편 아버지 앞에는 김치 한 종지. 그래도 동생보단 내가 좀 더 철이 들었던지 "아빠는 배 안 고파요?"라고 물었던 게 똑똑히 기억난다.

아버지는 대답했다.

"아빠는 니들 먹고 있는 거 보면
하~나도 배 안 고파. 얼른 먹어."

당시 난 중학교 3학년이라 꽤 머리가 컸을 무렵이었고, 이 말을 들었을 땐 '이 양반이 왜 이러시나?' 하는 생각이 먼저 들었다. 아마 배고프지 않다고 한 말이 거짓이라고 생각했던 것 같다. 배는 고프지만 아들딸 앞에서 속칭 '가오' 잡는다고 생각했을 것이다. 이 기억이 꽤 오랫동안 남아 있던 이유 또한 기분파이고 덜렁대기 일쑤였던, 그래서 애들 밥 사 먹일 돈도 안 챙기고 길을 나선 아버지가 내심 못마땅해서였는지도 모르겠다. 돌이켜 보면 부질없지만, 당시 나는 공부를 꽤 잘하던, 자의는 아니지만 전교 회장도 하던, 자신감 넘치는 중학생이었으니까.

두 아이의 아빠가 되어 식탁에 앉으니 이제 어렴풋이 알 것도 같다. 내 아들 딸이 밥 한 그릇을 쓱쓱 비우는 모습을 보면 진짜, 정말로, 내가 배가 고픈지 잘 못 느낀다. 그저 흐뭇하고, 흐뭇할 뿐이다. 그러다 아이들이 밥을 남기면 걱정이 앞선다. 어디 아픈 건 아닐까, 변비가 또 심해진 걸까, 이러다 키가 덜 크면 나중에 학교 가서 애들에게 놀림받진 않을까… 걱정이 꼬리에 꼬리를 문다.

그러니까 그때 식당에서, 내 맞은편에서 웃고 있던 아버지의 대답은 진심이었던 것이다. 그 사실을, 아들은 아비가 저 멀리 떠나고 나서야 깨닫고 있다. 비로소, 절절히, 매 끼니때마다.

은사시나무 소리가
들린다

*
*
*

    초등학교 5학년 때 새 집으로 이사를 갔다. 주택 200만 호 건설계획에 따라 곳곳에 아파트를 짓고 있을 때였다. 몇 번의 낙방 끝에 우리 가족에게도 분양 당첨의 행운이 찾아왔고, 단칸방을 떠나는 게 평생소원이었던 엄마의 바람은 현실로 이뤄졌다.

    문제는 새 아파트가 대전의 끝에 있었다는 것이다. 어릴 땐 그곳이 세상의 끝 같았다. 두 시간 삼십 분마다 오는 시내버스 한 대가 그 동네와 도심을 이어주는 유일한 혈관이었다. 다른 아파트 몇 개가 근처에 생기고 나서는 그나마 나아졌지만, 처음 몇 년은 그야말로 산자락 아래 뚝 떨어진, 외딴섬 같은 곳이었다.

집은 자연과 맞닿아 있었다. 아파트 앞에는 개천이 흘렀고, 바로 뒤는 산자락이었다. 대전역 앞 옛 동네는 바삐 오가는 행인들로 늘 정신없었는데, 이곳엔 사람은 없고 온갖 나무와 풀만 있었다.

매주 휴일 아침마다 아버지는 산책을 하자고 자식들을 달달 볶았다. 그놈의 산책…. 토요일도 등교하던 때다. 조금이라도 더 누워 있으려고 갖은 애를 썼지만, 그때만 해도 아버진 기운이 넘쳐나는 삼십 대 후반이었다. 조르기, 간지럽히기, 음식 냄새로 애태우기 등의 신공에 나와 동생은 두 손 들고 삐죽 나온 입으로 운동화를 신었다.

아파트 후문을 나서면 바로 산책길이었다. 요즘 용어로 치면 둘레길 비스름한 것 되시겠다. 터덜터덜 걷다가 아버지의 목소리를 들었다.

"은─사시─나무닷!"

깜짝이야.

가까이서 본 은사시나무는 신기한 나무였다. 이파리 뒷면이 은색처럼 하얗게 빛났다. 은색이라니. 식물 이파리는 그저 다 초록색인 줄만 알았는데. 그제야 주위를 둘러봤다. 온갖 풀들이 우리를 반기고 있었다. 새로운 이웃이 된 이들이여, 이름을 불러 달라.

알고 보니 아버지는 식물 박사였다.

"이건 애기똥풀이여."

"이건 쇠비름이여."

물어보면 모르는 풀이름이 없었다. 인터넷이 있던 시절이 아니고, 고작 뒷산 가는데 식물도감을 챙겨 왔을 리도 만무하니 아버지가 부르는 이름이 맞는지 알 길은 없었다. 그러나 그는 주저 없이 척척 알아맞히고 있었다. 아버지의 모습은 그저 경이로 웠다.

삼촌과 고모들이 카톡방에 가끔씩 올리는 꽃 사진을 보며 생각한다. 아버지와 함께 크고 자란 이 양반들도 꽃과 풀에 대해서라면 모르는 게 없다. 특히나 입에 넣을 수 있는 여지가 조금이라도 있는 식물들이면 더욱 그러하다. 보리수네, 벌금자리네, 아이고야 쑥 천지네. 나는 그제야 나직이 혼잣말을 중얼거렸다.

유레카. 아버지가 식물을 모르는 게 더 이상했던 거로구나. 자연에서 나서 자연에서 자란 사람. 늘 배고파서 식물과 친구가 되지 않을 수 없던 사람. 자연히 식물 박사가 된 사람.

아이 등굣길에 꽃과 나무를 유심히 살펴보기 시작했다. 2020년대의 아버지는 무력하다. 장미와 팬지 말고는 아는 꽃 이름이 없다. 그러나 우리에겐 구글 신이 있지 않은가? 수현이는 내 휴대폰을 가로채 이미지 검색 기능을 켜고 꽃 이름을 찾는다. 이젠 제법 능숙하기까지 하다.

"아빠 이 나무 이름은 조팝나무야."

"아빠 이 꽃 이름은 달맞이꽃이야."

그러고 보니 아이 허리춤에는 도감이 꽂혀 있다. 포켓몬 도감. 그냥 도감도 아니고 '전국 대도감'이다. 온갖 포켓몬들의 이름을 줄줄 외는 아이에게 식물 이름 몇 개쯤은 그야말로 식은 죽 먹기다.

은사시나무가 바람에 출렁이면 '스스 스스…' 하는 시원한 소리가 났다. 함께 산책을 나갔던 게 가을이었던가. 요즈음처럼 적당히 선선한 날 아버지와 산책하며 들었던 그 소리가 묘하게 귓가를 울린다. 그렇게 둔산으로, 크로바 아파트로 이사 가자고 엄마가 애원해도 숲이 있는 '한갓진' 이 동네가 좋다며 거부했던 아버지. 그곳에서도 꽃과 나무들과 함께 잘 지내는지. 여전히 하나하나 이름을 잘 붙여주는지.

아침저녁으로 산책 나가기 좋은 계절이다. 수현이와 포켓몬 도감 들고 함께 나서볼까 싶다.

간판 로봇의 시대를
기다리며

* * *

"비싸도 몇백만 원이면 된대요, 글쎄!"

빌딩에 간판을 다는 비용이 고작 몇백만 원이라고 한다. 정확한 금액이야 건물이나 위치별로 다르겠지만, 이 금액의 자릿수가 일곱자리를 쉽게 넘어서진 못할 것이다.

엑셀 시트를 들여다보는 게 업무의 대부분이다 보니, 숫자가 눈을 거쳐 머리에 의미 없는 숫자로만 입력될 때가 있다. 아홉 자리에 쉼표 두 개는 억대, 거기에 쉼표 하나가 더해지면 천억대…. 그런 숫자들이 오가는 중에 보는 백만 원은 자릿수가 모자라도 한참 모자란, 참으로 소소한 숫자다. 자율주행차 시대를 목전에 둔 시점에도 이 일의 가치는 여전히 이 정도구나 싶어 서글픈 마음이 울컥 올라왔다.

아버지는 간판장이였다. 손수 페인트로 한 자 한 자 가게 간판을 써내려가던 기능공. 모든 것이 디지털로 대체된 현재보다, 일상이 아날로그였던 과거에 더 빛났던 직업.

아버지가 정확히 언제부터 간판장이였는지는 모르겠으나 어렸을 적 본 아버지의 글씨는 꽤나 멋졌다. 가계의 살림과 직결되기 때문이었겠지만 당신은 잠들기 전 머리맡에 공책을 두고 붓펜으로 작은 글씨를 연습하곤 했다. 1980년대 말, 할아버지 회갑연 때 '만수무강'이라고 써서 걸었던 글씨는 아버지 직업 인생의 정점을 보여주는 예술작품이나 진배없었다.

좀 더 멋들어진 간판은 아크릴이나 네온사인을 소재로 썼다. 아버지는 회사에서 쓰다 남은 아크릴 조각을 가져와 연필꽂이 같은 걸 뚝딱뚝딱 만들어주곤 했다. 맥가이버가 따로 없었다. 마침 그땐 나름 장발이기도 했고.

페인트로 간판 글씨를 쓰던 시대는 컴퓨터가 보편화되는 1990년대를 맞으며 수명을 다했지만, 이후에도 아버지는 강산이 두 번 변하도록, 암 진단을 받고 나서 평생 다니던 회사를 그만둘 때까지 그 업계를 맴돌았다.

아주 떠날 기회가 한 번 있었다. 내가 세 살이었을 무렵, 지금의 나보다 훨씬 젊었던 그는 빌딩 위 간판 설치 작업을 하다 추락해 뇌수술을 받았다. 대전에서 치료를 못해 서울까지 올라왔고, 수술 후에도 한 달은 족히 병원에 누워 지냈다.

"다 났어. 말짱혀~"

가끔은 훈장처럼, 머리카락을 들어올리곤 한 바퀴 빙 두른 흉터 자국을 보여주기도 했다.

한때 네 가족의 생활을 꾸려나갈 만큼의 밥벌이는 해줬던 간판장이라는 직업은, 관련 기술이 발전하면서 점점 낮은 부가가치를 가진 일이 되어갔다. 젊은 시절 장인에 가까웠던 아버지도 육체노동이 주가 되는 시공 현장에서는 크게 기여하기 어려운 그저 그런 관리자가 되어갔다.

말 그대로 죽음의 고비를 간신히 넘기고 버틴 일터였지만, 나이 든 노동자에게 그곳은 더없이 매정한 공간이었다. 아버지의 월급봉투 두께는 나이 듦에 비례하지 못했고, 켜켜이 쌓인 경험치를 쉬이 따라잡지 못했다.

　자본주의 세계에서 기술은 단위 시간당 더 많은 부가가치를 만들어낼 수 있는 영역부터 침투하기 마련이다. 사람이 하기에는 위험해도 부가가치가 낮은 공정은 첨단기술의 혜택을 꽤 오래도록 받지 못한다.

　사람의 가치를 조금 더 소중하게 생각하고, 로봇이 '위험에 빠진 사람을 모른 척해서는 안 된다'는 로봇의 제1원칙을 온전히 지킬 수 있는 사회는 과연 올까. 로봇이 투입되어 미리 막을 수 있는 인명 사고의 사회적 가치는 과연 몇 자리 숫자로 치환해야 할지 상상조차 되지 않는다.

　　시트에 적혀 있지 않은 숫자도 세상에 존재한다는 사실,

　　그리고 정확히 계량화되기 어려운 그 숫자가

　　실은 더 중요할 수 있다는 사실을

　　사람들이 잊고 살지 않았으면 좋겠다.

　그래야 차마 말을 꺼내기 어려울 정도로 가슴 아픈 사고들을 뉴스에서 덜 만나는 세상에서 살게 되지 않을까.

쿠바 여행 중, 아바나 길거리를 걷다가 건물에 매달려 있는 한 무리의 사람들을 보았다. 기둥에 기대 그 사람들이 그네처럼 줄을 타고 움직이는 모습을 오래도록 바라봤다. 햇살 따가운 아침 일찍부터 거미처럼 대롱대롱 매달려 페인트칠을 하는 이국의 노동자들. 난 한 사람을 떠올리지 않을 수 없었다. 어쩌면 30년도 더 전에 나를 떠나버릴 수도 있었던 사람. 무서웠을 어둑한 밤, 그가 수술대 위에서 생에 대한 의지를 조금이라도 더 붙잡지 않았다면 내 젊은 시절은 어떻게 변해버렸을까 생각했다.

　얼마 전, 커피를 내려주는 로봇에 대한 기사를 봤다. 사람에 비해 훨씬 더 빠르게 커피를 내려줄 수 있는 로봇이 곧 보편화될지도 모른단다. 문득, 바리스타 로봇보다 간판 다는 로봇이 먼저 나왔으면 좋겠다고 생각했다. 인공지능과 로봇의 시대라지만, 적용할 순서를 정하는 것은 결국 인간이 만든 사회일 텐데.

오늘,
회

***

　한 입 무는 순간 느껴지는 물컹한 식감, 곧이어 꾸덕꾸덕 올라오는 비릿한 살내음. 생선회는 콜라와 피자에 열광하던 어릴 적 입맛과는 대척점에 있던, 도무지 적응하기 어려운 음식이었다.

　그런 회를, 아버지는 그야말로 사랑했다. 회 한 접시에 소주만 있으면 온 세상을 가진 듯한 얼굴이었다. 아버지는 친구들과의 계모임에는 잘 나가지 않는 편이었는데, 횟집에서 하는 모임만큼은 자식들을 데리고 나가곤 했다. 회 한 점을 초고추장에 찍어 소주와 함께 털어넣고는 짐짓 심각한 얼굴로 세상 걱정을 하던 아버지 옆에서, 풋콩만 한 움큼 까먹다가 잠들었던 기억이 난다.

아버지는 월급봉투가 얇을 땐 집 앞 트럭에서 오징어회를 사왔다. 좋은 일이 있을 땐 광어회를 떠왔다. 1990년대 말, 동해안으로 가족여행을 나섰을 땐 중간에 차를 멈추곤 난생처음 보는 꽁치회를 비닐봉지 한가득 사서 차에 실었다. 볼품없는 운동복 행색에 비해 너무나 밝게 빛나는, 흐뭇함이 가득했던 얼굴.

지금 생각해보면 〈노인과 바다〉에서 사투 끝에 청새치를 잡은 노인처럼 득의양양한 모습이었다.

아버지는 어떤 취향을 가진 존재였을까.

'취향'이라는 키워드에 빠져 살았던 작년과 올해, '나'라는 사람을 다른 이와 차별화하는 요소가 과연 무엇일까에 대해 자주 곱씹어봤다. 결국 좋아하는 음식과 옷, 즐겨 보는 것과 읽는 것, 자주 듣는 것과 타는 것, 그 모든 '것'들의 합이 취향을 이룰 텐데, 그중에서도 먹고 마시는 것은 그 사람의 정체를 드러내는 가장 원초적인 취향이 아닌가.

그러고 보면 나와는 참 많이 다른 아버지였다. 중간에 변절한(?) 어머니와 달리, 아버지는 피자와 햄버거는 끝까지 질색했다. 삼겹살은 아버지 주머니 사정이 괜찮을 때 가장 많이 사랑받은 메뉴였다. 할머니가 직접 담근 고추장은 벌이가 시원찮을 때 끝까지 남아 버텨준, 아버지의 마지막 보루였다.

그런 아버지에게 회는 그나마 허용된 최대한의 사치를 상징하는 음식이 아니었을까. 자주 먹을 순 없지만, 아내에게 혼날 땐 혼나더라도 소주 한잔의 취기를 빌려 까짓 거 호기롭게 지갑을 열어 사먹을 수 있는. 그래 봤자 고급 횟감이 아닌 광어나 우럭이었지만, 아버지에겐 소울푸드가 아니었나 싶다.

음식 취향이라는 게 참 묘해서, 처음엔 질색하다가도 어느 순간 맛을 알게 되면 빠져나올 수 없게 되기도 한다. 김치가 그렇고, 청국장이 그렇고, 회가 또 그렇다. 풋콩만 까먹던 시절을 지나 아버지와 함께 회를 먹게 되고, 회 맛을 알게 되었다. 나중에는 회를 즐기는 수준에 이르렀지만, 그땐 이미 아버지보단 친구들과 술자리를 갖는 게 익숙해진 나이가 되어 아버지와 회를 놓고 먹은 기억은 오히려 어릴 때보다도 적다.

얼마 전 아내 생일 케이크를 고르다가, 기가 막힌 케이크를 온라인에서 발견했다. 한 스타트업에서 회를 떠서 케이크 모양으로 만든 '회이크'를 팔고 있는 게 아닌가. 재기 넘치는 아이디어에 감탄하며 즉시 주문 버튼을 눌렀다. 순간 아버지 생각이 났다. 야, 이건 아버지 생신 때 주문하면 두고두고 칭찬받을 케이크, 아니 회이크인데… 회를 사랑하는 사람에겐 축하의 의미를 두 배로 전할 수 있는, 속임수(fake)가 아닌 진짜배기일 텐데. 속절없이 입맛만 다셨다.

　　그날 밤, 연어와 광어로 모양을 낸 회이크는 가족들의 즐거운 이야깃거리가 되었다. 어른들은 포장을 벗겨보니 사진보다 회가 좀 적다는 둥, 모양 안 망가지게 하려고 노력 많이 한 것 같다는 둥 이야기를 나눴다. 아이들은 처음 보는 먹거리가 신기한 듯 이리저리 만져보고 눌러본 후에 입에 넣곤 어릴 적 나와 내 동생처럼 얼굴을 찡그리며 퉤퉤하고 뱉어냈다. 그래, 지금부터 회 먹을 줄 알면 아빠 먹을 게 없잖니… 하다 문득 아버지 생각이 났다. 이런, 옆에서 풋콩만 까먹던 나를 보며 아버지도 이런 못된 생각을 했겠구나!

살면서 후회막심한 게 한두 가지가 아니지만, 드시고 싶은 걸 더 많이, 자주 대접하고 보내드렸더라면 하는 생각은 늘 든다. 이번처럼 평소에 망자가 좋아했던 것들을 먹을 때면 더더욱. 케이크가 그분 계신 저승까지 배송해된다면 프리미엄은 얼마든 얹어줄 수 있을 텐데. 이런 말을 하면 그러잖아도 바빠죽겠는데 정신 나간 소비자라고 할 테지?

바쁜 스타트업 고민거리 하나 늘리지 말고, 내년엔 아버지 기일에 맞춰 모듬 케이크 하나 주문할 요량이다. 부디 그때까지 이 신선한 회사가 망하지 않길 바라며.

셰릴 샌드버그의
위로

*
*
*

미국 유학시절, 페이스북의 최고 운영책임자이자 베스트셀러 〈린 인〉으로 유명한 셰릴 샌드버그가 두 번째 책인 〈옵션 B〉를 출간하고 순회 출간기념회를 연다는 사실을 알게 되었다. 때는 대학원 마지막 학기가 시작했을 즈음이었다. 좋은 추억이 될 것 같아 (그리고 저자 사인이 담긴 책도 준다기에!) 신청을 하곤 까맣게 잊고 있었는데 순식간에 한 학기가 지나갔다. 그리고 졸업식을 앞둔 어느 목요일 아침, 셰릴 샌드버그의 출간기념회 일정을 아이폰 캘린더가 친절하게 알려주었다.

〈옵션 B〉는 셰릴 샌드버그가 갑작스럽게 남편을 잃고 이를 극복하는 과정에서 겪은 경험을 심리학자인 애덤 그랜트와 함께 정리하며 쓴 글들을 엮어낸 책이다. 책의 부제는 '역경에 맞서고, 회복탄력성을 키우며, 삶의 기쁨을 찾는 법'이었다.

오후 다섯 시 삼십 분경 시작한 대담은 방청객 질문까지 포함해 한 시간 반가량 이어졌다. 길지 않은 대담의 대부분은 새 책의 핵심 주제인 '회복탄력성'에 대한 셰릴의 경험과 인식에 초점이 맞춰졌다. 셰릴은 두 아이를 키우는 워킹맘으로, 남편의 부재라는 충격을 극복하려면 마치 써보지 않은 근육을 키우는 것처럼 회복탄력성도 길러야 한다는 것, 그리고 어려움이 있다면 숨기지 말고 다른 사람들과 함께 나눠야 보다 쉽게 극복할 수 있음을 담담하지만 또렷한 어조로 말했다.

'오늘 하루 겪는 작은 것들에도 그저 감사하면서 살자'는 메시지는 사실 다른 자기계발 및 심리 서적에서도 찾아볼 수 있는 것이었지만, 자신의 아픈 경험을 자양분 삼아 육성으로 전달하는 말 한마디 한마디에는 분명히 적잖은 울림이 있었다.

행사가 끝나갈 즈음 한 방청객이 던진 말이 가슴에 박혔다. 그는 얼마 전에 아버지를 잃었다면서, 이 자리에 함께 온 자신의 어머니에게 위로의 말 한마디를 부탁했다. 셰릴은 기꺼이 정중

한 위로를 전했다.

> 매일같이 좋아지진 않아요.
> 하지만 시간이 지나면서 확실히 좋아지죠.
> 소소한 즐거움을 찾으세요.

> "It doesn't get better everyday,
> but it does get better with time,
> and look for the small moment of joy."

그때 나는 어머니에게 셰릴의 말을 그대로 전해드리고 싶었다. 물론 매일같이 좋을 수는 없겠지만, 시간이 흐를수록 작은 기쁨들이 쌓여가며 나아질 거라고. 셰릴 같은 유명한 사람도 다 마찬가지였다고.

이날은 아버지가 돌아가신 지 백 일째 되는 날이었다. 돌아가신 이후로 당신 꿈을 꾼 적이 거의 없는데, 지난 삼 일간 내내 꿈에 나오신 건 졸업을 축하해주기 위함이었을까. 비록 더이상 아버지가 없는 옵션 B의 삶이지만, 어머니를 비롯해 남은 가족들과 작은 것에도 감사하며 즐겁게 살라는 말을 남기고 싶으셨던 것 같기도 하다.

요즘 집 뒤로 난 숲길을 어머니와 함께 걷는다. 그러고 보면 이런 날도 얼마 남지 않았다. 어머니와 앞서거니 뒤서거니 걷다 보면 불현듯 고향집 뒷산을 오르며 바라본 아버지의 등이 생각난다. 어머니도 말씀은 없지만 마찬가지 심정일 게다. 한 시간 남짓한 짧은 산책길이지만, 매일같이 어머니와 함께 이렇게 시간을 보낼 수 있다는 것이 그저 감사할 따름이다.

셰릴 샌드버그의 강연을 들은 날은 페이스북의 최고위 경영자를 만났다기보다는 인생에서 가장 소중한 사람을 잃고 글쓰기를 통해 상처를 치유하고자 했던 작가를 만났던 날로 기억된다.

이후 한국어로 번역 출간된 〈옵션 B〉를 다시 찾아 읽으며 셰릴에게 새삼 적잖은 빚을 지고 있음을 새로이 느꼈다. 겉으로는 덤덤한 척하고 있었지만 속은 그저 텅 비어 있었던 그때, 가족의 상실이라는 고통을 먼저 겪은 인생 선배가 쓴 책을 읽으며 위로받던 느낌이 되살아났다.

이제 옵션 A의 삶을 사는 것은 불가능하지만, 예상치 않았던 옵션 B의 삶도 충분히 의미가 있다는 깨달음. 그 깨달음이 나를 한 발짝 더 세상 앞으로 나아갈 수 있게 해주었다.

　(가능성은 굉장히 희박하지만) 언젠가 셰릴을 다시 만나게 되면, 꼭 감사 인사를 하고 싶다. 당신의 이야기를 직접 들었기에, 또한 차분히 읽었기에 나 역시 슬픔에서 조금 더 빨리 빠져나올 수 있었다고. 늘 최고의 옵션을 선택하는 것을 당연시하며 살아왔던 그간의 인생을 돌이켜보는 데 당신과의 만남이 너무나 소중한 길잡이가 되었다고.

미래의 미라이,
과거와 소통하는 법

*
*
*

    사람을 떠나보내면 수수께끼만 늘어간다. 알 길 없는 질문들이 머릿속에 끝없이 생겨나는데, 속 시원히 답해줄 사람은 정작 곁에 없다.

    얼마 전, 온 가족이 둘러앉아 〈미래의 미라이〉라는 애니메이션 영화를 봤다. 호소다 마모루 감독의 자전적 경험을 바탕으로 만든 영화인데, 소개를 찾아보니 장르가 판타지다. 아무래도 장르 구분이 잘못된 것 같다. 이 영화의 초반부는 신혼이거나 결혼을 앞둔 싱글들을 대상으로 한 극사실주의, 즉 하이퍼 리얼리

즘을 차용한 호러에 가깝다. 특히 '남들은 몰라도 나는 좋은 아빠이자 남편이 될 수 있다'는 환상을 갖고 있는 남자들에게는.

아이 둘 키우기를 소재로 한 리얼 다큐 호러는 중반부를 지나서야 비로소 판타지로 탈바꿈한다. 끝까지 보고 나서는 더 많은 사람이 보면 좋겠다는 마음을 갖게 된 지라, 스포 방지를 위해 자세한 설명은 생략하련다. 다만 한 가지, 자전거에 대한 에피소드가 나오는데 그땐 꽤나 울컥했다. 아, 이건 너무 비슷하잖아.

스무 살 가깝도록 자전거를 탈 줄 몰랐다. 대학교 1학년 때, 친구와 둘이서 교양수업 과제를 핑계로 강화도 여행을 떠나기로 한 전날 비로소 두 발 자전거를 탈 수 있게 되었다. 내가 먼저 친구에게 가자고 호기롭게 툭 던져놓고는, 혼자 여의도 공원에 나가 몇 시간을 구르고 넘어지고 고군분투한 끝에 겨우 균형을 잡고 앞으로 나아가는 법을 체득했다.

그전까지 자전거는 남이 태워주는 탈것이었다. 아주 어릴 땐 할아버지 앞에, 조금 커서는 뒷안장에 탄 채 시골길을 내달렸다. 할아버지는 츤데레 같은 표정으로 "네 아비가 어렸을 때 똑같은 자리에 태우고 똑같이 동요를 불러줬다"라고 하셨다.

뉘엿뉘엿 저무는 해질녘 노을빛을 정면으로 받으며 할아버지가 불러주던, "선생님~ 선생님~ 안~녕하세요~" 하는 동요한 가락은 여전히 생생하다. 이 장면이 〈미래의 미라이〉와 다른 점이라면 우리 할아버지는 다행히 태평양전쟁 당시 참전 군인이 되기엔 살짝 어렸던 재일교포 소년이었다는 것뿐.

엉, 그런데 아빠는? 살면서 단 한 번도 아버지가 타는 자전거를 얻어 타본 적이 없다는 사실을 영화를 보던 중 깨달았다. 심지어 아버지가 자전거를 타는 모습조차 전혀 기억에 없다. 아버지는 과연 자전거를 탈 줄 알았을까?

돌이켜보면 당시는 아버지가 자전거를 타고 다닐 만한 환경이 아니었다. 할아버지 댁이 있던 한적한 시골 읍내는 자전거가 최적의 교통수단이었겠지만, 어릴 적 우리 집은 통행량이 꽤 많던 역 앞이었다. 그 동네에서 어른이 자전거를 타고 다니는 모습은 퍽 낯선 풍경이었다. 그래도 교외로 이사한 다음 동네 시장에 좋아하는 소주랑 삼겹살 사러 나갈 땐 자전거를 타고 갈 만했을 텐데…. 답은 알 길이 없다.

바쁘게 살아가는 사람들의 삶에 하등 영향을 미칠 길 없는 사소한 수수께끼는 결국 영구 미제로 남는다. 생전에 내 눈으로 똑똑히 보지 못했으므로, 진실은 영원히 묻혀 있을 것이다. 그러나 진실이든 수수께끼든 그게 뭐 그리 중요하겠나. 그저 아쉬움의 또 다른 표현일 뿐.

아쉬움만 삼키고 있던 내게 〈미래의 미라이〉는 작은 조언 한 가지를 전해준다.

과거와 소통하고 싶다면
지금 현재를 보라고.

영화는 판타지의 힘을 빌려 아이의 눈으로 보는 부모와 세상이 어떤 모습인지 보여준다. 매일 밤늦게 들어와 영 낯설기만 한 아빠가 되어가는 내게, 지금보다 삶의 방향을 좀 더 아이들에게 맞출 것을 슬며시 제안한다. 아버지가 그리운 시간만큼 아이들과 눈을 맞춰보라면서.

지난 주말 수현이가 할머니로부터 자전거를 선물받았다. 한

껏 신이 난 아이는 공원에서 네 발 자전거를 타느라 여념이 없고, 오빠가 신나게 자전거를 타는 것을 마냥 부럽게 바라보던 둘째는 오빠가 자전거에서 내려오자마자 냉큼 안장에 올라탄다.

우연 같은 순간이 모이고 모여 인생이 되고, 역사가 된다. 아버지가 자전거를 잘 탔는지 못 탔는지는 여전히 알 수 없지만, 아버지의 과거가 궁금한 만큼이나 아이들의 미래도 궁금하다. 앞으로 이 아이들이 얼마나 자전거 혹은 또 다른 것들과 함께 울고 웃을지 모르겠지만, 그 곁에서 가능한 오래도록 머물며 '내가 어렸을 때 우리 아빠는 이랬어'라는 기억을 하나라도 더 많이 남겨주고 싶다.

평일에는 잠들 때까지 아빠가 집에 들어오지 않는다는 사실을 알아버린 둘째의 찡그린 얼굴을 아침 출근길에 그만 봐야겠다. 아무래도 야근을 좀 줄여야겠지?

딸,
그리고 결혼식

* * *

결혼식은 한 시 정각이었다. 막 결혼식장 앞에 선 순간, "신랑 입장!"이라는 소리가 우렁차게 식장의 공기를 때렸다. 딸은 옆에 서서 내 손을 잡고 방긋 웃고 있었다. 어라…?

지인의 결혼식에 가는 길이었다. 딸과 단둘이 이렇게 멀리 나와본 것은 처음이었다. 아이에겐 먼 길일 것 같다는 핑계로 슬쩍 혼자 나서려다 아니나다를까 한소리 듣고 나온 참이었다. '미션을 완료할 수 있을까?' 자문하며 딸의 손을 잡고 길을 나섰다.

서울의 주말 도로는 꽉꽉 막혔다. 결국 예상보다 삼사십 분 더 걸려 식장에 도착했다. 맘이 급해져 아이를 둘러업고 걷다 뛰다를 반복하며 겨우 식장으로 들어가려는데, 타이밍이 말할 수 없이 묘했다. 과거에 한 번 지켜봤던 광경이, 그리고 앞으로 직접 겪게 될지도 모르는 광경이 그 찰나에 머릿속에서 어우러졌다. 옛 기억에 한 번 울컥하고, 어렴풋이 보이는 미래에 또 한 번 살포시 가슴이 메었다.

여동생은 내가 결혼한 이듬해에 바로 혼인에 골인했다(당시 남자친구, 지금 매부에게는 인생이 걸린 선택이라고, 다시 잘 생각해보라고 분명히 여러 번 충고했지만, 기어코 듣지 않았다. 그의 인생이 고달픈 것은 온전히 그의 탓이다). 부모님은 엉겁결에 두 자녀를 연달아 시집 장가보내게 되었다.

두 번째 결혼식이니 좀 익숙해졌을 법도 한데, 아버지는 전혀 그렇지 않았다. 신부와 함께 입장할 때부터 얼굴이 이미 울상이었다. 신랑 신부가 양가 부모님에게 절하는 순간, 기어코 사달이 났다. 신부는 드디어 시집간다고 좋다고 생글생글 입이 귀에 걸렸는데, 아버지는 절을 받으며 눈물을 펑펑 쏟기 시작했다.

'좋은 날 저 양반 또 오버하신다….'

아들 키워봤자 소용없다는 말처럼 가족석에 앉아 있던 아들은 그렇게 무심했다. 감정의 높낮이가 심한 아버지가 딸 결혼식에는 평소보다 좀 더 과잉인 것 같다고, 나름 객관적인 눈으로 보는 척하고 있었다.

시간이 흘러 딸 가진 아버지가 되고 나서, 하루가 다르게 커가는 딸을 지켜보며 그때 무심히 지나쳤던 장면이 자꾸 걸리기 시작했다. 아, 난 아무것도 모르는 바보 멍청이 헛똑똑이였다.

딸 가진 아버지 마음을 그때 알았을 리가 있나.
그 입장이 되고서야 알게 되는 영역은 넓고도 깊었다.

딸과 나는 너무 급작스럽게 결혼식장 앞에 섰다. 식장 앞에 딸과 단둘이 서 있으니, VR 기기를 쓴 것처럼 초현실적인 느낌이 몰려왔다. 원효대사가 해골물을 들이키고 나서 아침을 맞았을 때 이런 마음이었나. 아, 그때 아버지 마음이…. 순식간에 눈시울이 붉어졌다. 황급히 눈을 깜박였다.

아이에겐 꽤 긴 결혼식이었다. 그래도 딸은 투정 한 번 부리지 않고 식이 끝날 때까지 잘 참아줬다. 온전히 함께한 첫 공식 외부행사를 잘 마친 기념으로 집에 돌아가는 길에 카페에서 주스 한잔 시켜놓고 딸과 인형놀이를 하며 놀았다.

언제가 될진 모르지만, 딸이 자신의 배필을 만나 결혼식장에 들어가는 날을 맞는다면 이번 결혼식을 다시 떠올리게 될 것만 같다. 아직 시간이 많이 남아 있다고 스스로 다독여보지만, 한편으론 마음이 조급해진다.

돌아오던 길, 차에서 곤히 자던 딸의 얼굴 위로 햇빛이 비친다. 졸린 목소리로 눈을 비비며 "아빠 눈부셔"라고 말하는 딸을 보며 지금 이렇게 살아 있음에 감사함을 느낀다.

여름 햇빛보다 더 눈부신 딸, 언젠간 웃으며 아비의 품을 떠나겠지. 그때까지 건강하게 잘 자라길. 축복받는 결혼식날, 아빠가 주책맞게 펑펑 울더라도 눈 흘기지 말고 그저 넓은 마음으로 이해해주길.

소고기와
삼겹살

*
*
*

아버지는 삼겹살을 좋아했다. 삼겹살 두어 줄을 프라이팬 위에 올려놓고 소주 한 컵(잔이 아니고 컵이다) 걸칠 때의 아버지 표정은 여전히 생생해서, 펜을 쥐면 지금이라도 당장 쓱쓱 그려낼 수 있을 것만 같다. 삼겹살을 싼 상추쌈에 소주한 입 털어 넣은 후 "키야~" 하며 넣던 추임새까지, 잊힐 날이 오긴 할까.

입사하자마자 한동안 사택 생활을 했다. 어차피 서울이 아닌 바에야 고향인 대전으로 발령받았다면 좋았겠지만, 인생이 계획대로 흘러가면 그게 일반인인가, 마미손이지. 대학생 때 학술답사 한 번 간 것 외에는 발 디뎌본 적 없던 전라도에서 꼬박 네 해, 이십 대의 후반부를 보냈다.

전주에서 근무할 때는 제법 신입 티를 벗은 시점이었다. 전주는 대전에서 차로 한 시간이면 닿는다. 부모님께 주말에 한 번 오시라 했다. 아들 있을 때나 구경하지 언제 전주 구경하시겠냐고 다 커서 떼 아닌 떼를 좀 썼다.

첫 번째 전주 나들이 날, 나름 잘한다는 게장집과 유명한 비빔밥집에 갔는데 예상과 달리 부모님의 반응이 영 신통찮았다. 그다음 해에 한 번 더 놀러 오시라고 했다. 이번에는 경험치가 좀 쌓인 만큼 미리 알아둔 근교의 소고기집으로 갔다. 대접할 때 가장 실패율이 낮은 메뉴는 뭐니 뭐니 해도 소고기 아니겠는가. 근사한 인테리어는 아니지만, 도축장에서 멀지 않아 고기 질이 좋은 한 정육식당이었다.

두꺼운 도마 위에 나온 한우 모둠을 양껏 먹었다. 물론 소고기니까 싸진 않았지만, 부모님에게 한턱 못 쏠 만큼 부담스러운 가격은 아니었다. 식사를 시킬 때 즈음 아버지에게 고기를 더 드시겠냐고 물었다. 그런데 아버지가 이렇게 말하는 게 아닌가.

"밖에서 이렇게 소고기 많이 먹어보기는 태어나서 처음이다. 아빠는."

아들이 사주는 고기라서 그냥 하는 소리라고 하기에는 레알 진담이었다. 그 한마디가 툭 떨어졌을 때의 기분은 뭐랄까… 묘했다. "아 뭐야 아빠 삼겹살 좋아하는 거 아니었어?" 이렇게 장난기 섞어 대꾸하기에도, "아버지, 그동안 자식들 키우느라 고생하셨으니 많이 드세요"라고 예의 차리며 대답하기도 애매했다. 그냥 "아 그러시냐"라고 하며 대강 넘어갔다. 다 먹은 후 배 두드리며 식당에서 나왔고, 그다음에 뭘 했는지는 기억나지 않는다.

돌이켜보건대, 아버지의 한마디는 진심이었을 것이다. 한우 생고기를 그렇게 많이 구워 먹어본 날은 그때까지 아버지 인생에서 손에 꼽을 정도로 적었을 것이다. 소고기를 너무 많이 드신 나머지, 속에 담고 있던 본심을 당신도 모르게 자식에게 내보인 게 아닐까.

삼겹살에 소주도 물론 좋아했지만,
소탈한 아버지라도 육즙 흐르는 소고기 맛을 왜 몰랐겠는가.

그걸 자식으로 근 서른 해 넘게 살고 나서야 비로소 알았다.

명절을 지내고 얼마 지나지 않아 소고기를 구워 먹었다. 멀다는 핑계로 명절 때 얼굴을 가끔 비치는 사위 손에 매번 소고기한 덩이를 들려 보내는 손 큰 장모님 덕분이다. 예쁘게 포장된상자에서 소고기를 꺼내 한 점 구워 입에 넣고 우물거리다가 아버지와 함께 먹었던 그날의 소고기를 추억했다.

　지켜보던 엄마도 나와 비슷한 생각이었을까. 너희만 맛있게먹지 말고 아버지도 한 점 구워주란다. 산적도 불고기도 아니고생등심구이를 제사상에 올리는 집이 어디 있냐고 툴툴대다가 성화에 못 이기는 척 한 접시 구워 제사상에 올려놓았다.

　아버지는 내게 '부디 헤프지 말고 아껴서 아들 딸 잘 챙겨키우라'고 하시겠지. '늦은 밤 몰래 남은 소고기 꺼내 먹지 말고,네게도 술안주는 역시 삼겹살이 그만'이라는 말도 덧붙여.

공구세트
한 벌

*
*
*

뚝딱거리는 건 영 젬병이다. 아내에게는 집주인과 굳이 마찰을 일으키고 싶지 않아서라고 둘러댔지만, 신혼집을 꾸밀 때도 액자 하나 걸어두지 않은 건 사실 콘크리트 못 박는 것조차 두려워하는 성격 탓이 크다. 대학 신입생 때는 농촌봉사활동 간다고 선배들 따라 쫄래쫄래 내려갔다가, 밭에 나간 지 한 시간 만에 낫으로 내 손을 찍어 병원으로 직행한 적도 있다.

비슷한 사건들이 몇 번 계속되자 어머니와 여동생은 내가 과도로 사과를 깎는다고 해도 영 못 미더워한다. 함께 산 지 꽤 시간이 지난 때문인지 요즘에는 아내도 이 대열에 심심찮게 합세하고 있다(얼마 전 현관문 도어스토퍼를 제대로 못 달아 끙끙대다가 결국 아파트 관리소 선생님 도움으로 해결한 이후 더 심해졌다).

얼마 전 우연찮은 기회에 건자재를 주로 취급하는 용품점에 들렀다. 대형마트나 쇼핑몰에 가도 공구나 자재 쪽은 눈길조차 주지 않았는데, 역시 세상 오래 살고 볼 일. 약속 시간까지 시간이 꽤 남아 있어 용품점 내부를 찬찬히 둘러봤다. 미국 가정집 차고에나 있을 법한 공구와 자재가 잔뜩 쌓여 있었다. 한국도 꾸준히 소득이 증가하면서 셀프 인테리어 시장이 많이 커지고 있구나 하는, 회사에서 보고서 쓸 때나 작동시키는 건조한 마인드로 매장 안을 거닐었다.

'역시 내 취향은 아니구나' 하며 짧디 짧은 아이쇼핑을 끝내려는 찰나, 페인트 통 한 무더기가 눈에 들어왔다. 오랫동안 기억 저편으로 미뤄뒀던 초록색 각진 페인트 통, 그러니까 옛날 말로는 뺑끼 통들. 한때는 아버지의 밥줄이었던, 그래서 집안 어디서나 찾아볼 수 있었던 그 통들. 코를 틀어막을 정도로 독한 냄새를 풍겨 제비와 노루라는 자연친화적인 이름과는 그다지 어울리지 않았던 그 통들이 한층 유려한 모습으로 변신해 포상대 앞에 진열되어 있었다.

아버지는 빨갛고 파란 페인트를 물감 삼아 하얗디 하얀 천에 쓱쓱 글씨를 써나가곤 했다. 기다란 현수막 천이 아버지의 화폭이고, 화선지였다. 어느덧 페인트가 마르면, 꼭 인쇄기로 찍어낸 듯 정갈한 글씨들이 수놓아져 있었다. 분명 아무것도 없는 흰 천이었는데, 그 위에 새로운 것이 생겨났다. 아버진 무에서 유를 창조하는 사람이었다.

페인트에 대한 어린 시절의 기억이 늘 좋았던 건 아니다. 오히려 부정적인 경우가 더 많았다. 나는 아버지의 작업복과 평상복에 항상 묻어 있는 페인트, 그러니까 뺑끼가 진저리 나게 싫었다. 학교 선생님들처럼 양복을 입고 깔끔한 차림새로 다니면 얼마나 좋을까 생각했다. 은연중에 블루칼라 아버지를 부끄러워했던 게다. 남들과 모든 걸 비교하는 사춘기 때는 정도가 더 심했다.

옛 생각을 하며 페인트 매대를 지나고 나서 다시 매장 쪽을 돌아보니, 방금 전 쓱 지나친 공간들이 전혀 다르게 보였다. 어찌 보면 당연했다. 나의 눈이 아니라, 수십 년간 현장에서 살아온 아버지의 눈으로 보기 시작했으니까.

예전에는 생각도 못했던 예쁜 팝아트 디자인 통에 담긴 페인트, 벽을 수백 번은 뚫을 수 있을 것 같은 전동공구 세트, 주인의 발을 상하지 않게 지켜줄 작업화… 정신을 차려 보니 나는 구석에 앉아 혼잣말을 하고 있었다.

아버지랑 같이 올 수 있었다면 좋았을 텐데.
공구세트 한 벌쯤 턱 하니 사드렸을 텐데.

무심한 아들에게 모처럼 선물을 받고 덩실덩실 춤추셨을 아버지 얼굴을 상상했다. 이뤄질 수 없는, 그저 상상 속의 일이다. 꿈에서도 가능할지 모르겠다. 내가 보고 싶다고 덥석 나오시는 분이 아닌지라.

동생이 말하길, 매부가 인테리어 용품점에 가면 하루 종일 죽치고 있단다. 생각해보니 나랑은 참 다른 사람이 가까운 데 있다. 새 집을 장만하고 손수 집을 꾸몄던 아버지처럼, 매부도 이리저리 집 꾸미는 것과 온갖 장비 사모으길 퍽 좋아한다. 동생

네가 놀러오면 남자 둘이 조용히 쇼핑이라도 나와야겠다. 오는 길에 순대에 소주 한잔 하면 더없이 좋겠지.

뒤로 자빠지는
나무

*
*
*

　　내가 직접 겪어보지 않았음에도 수없이 상상하던 풍경이 있다. 어릴 때 할아버지와 둘이 시간을 많이 보냈다. 밤이 되면 할아버지가 해주던 옛날이야기 레퍼토리 중 당신이 어릴 적 경험했던 기차 여행도 있었다.

　　"아주 어릴 때니 잘 기억나진 않지만, 기차가 덜컹하고 출발하니 차창 밖 나무들이 앞으로 안 가고 자꾸만 뒤로 자빠지는겨! 그 광경이 어찌나 신기했던지!"

　　옛날 이야깃거리가 다 떨어질 때면 해주시던 '실화'였고, 나는 그 이야기를 들을 때마다 천진난만한 어린아이가 창문 밖으로 자꾸만 뒤로 '자빠지는' 나무들의 모습을 보고 고개를 갸우뚱하는 모습이 떠올라 키득거렸다. 다 자란 후에는 다른 옛날이야기는 거의 다 잊고 그 일화만 머릿속에 남았다. 실화여서였을까.

할아버지는 1920년대생이니, 그 열차는 아마도 대전에서 부산으로 출발하는 경부선 열차였을 것이다. 빈농의 자식이었으니 열차를 타고 여행을 했을 리 만무하고, 농사가 영 시원치 않았을 어느 해 증조부의 결심에 따라 온 가족이 일본으로 이주하게 된 것일 테다.

그 여행의 종착지는 어디였을까? 도쿄나 오사카의 조선촌이었을 수도 있고, 거기까지 가긴 너무 멀어서 후쿠오카 인근에 정착했을 수도 있을 것 같다. 1930년대 초에는 보통 고향 사람들이 많이 살고 있는 지역으로 이주했다고 하니, 충청도 사람들이 많이 사는 어느 마을에 거처를 정하셨을 게다.

할아버지가 기차여행 이야기를 들려줄 때 난 너무 어렸고, 그 지역이 어디인지 묻지 않았다. 나중에 철이 들어 아버지와 삼촌, 고모들께 할아버지가 일본 어디에 사셨는지 물었지만, 한창 먹고살기 바빴던 시절 할아버지는 자식들에게 이런 이야기까지 해준 것 같진 않다.

주말인 오늘은 온종일 집에서 지냈다. 이제 갓 두 돌을 넘긴 아이가 곤히 자는 모습을 보면서, 갑자기 할아버지의 그 열차 생각이 났다. 아마도 내 아이 또래였을 어린 할아버지가 열차를 타고 '우와~' 하며 탄성을 지르는 광경이 생생히 그려졌다. 그리고 이전과는 달리, 어린 아들을 들쳐업고 일자리를 찾아 정든 고향을 떠나는 증조할아버지의 모습을 떠올렸다.

증조할아버지는 열차 속 가족들을 보며
어떤 생각을 하고 있었을까.
나와 비슷한 또래였을, 그 시대의 그는.

해방 후 증조할아버지는 다시 한국으로 돌아왔다고 한다. 할아버지가 일본 어느 지역에서 유년기를 보냈는지는 여전히 내 인생 최대의 수수께끼로 남아 있다. 과연 언제 그 수수께끼를 풀 수 있을지 모르겠으나, 한 번쯤은 아버지, 나, 아들 삼대가 더불어 할아버지가 살던 마을을 방문해보면 좋겠다는 생각을 해본다. 필부였던 증조부와 조부의 삶이 지금 우리에게 어떻게 연결되고 있는지 생각할 수 있는 좋은 배움의 기회가 되리라.

때로는 시간이 지나야 맥락을 이해할 수 있게 되는 이야기가 있다. 할아버지의 '뒤로 자빠지는 나무'도 그중 하나였음을 이제야 깨닫는다.

이 글은 아버지가 아직 살아계실 때 썼던 글이다. 삼대가 함께 할아버지가 살았던 마을을 찾겠다는 나름 야심찬 계획은 결국 이루지 못했다. 뭐든 미적거리면 다 그렇다.

어머니의
김지영

*
*
*

　　〈82년생 김지영〉을 두 번이나 보게 될 줄이
야. 크라우드 펀딩을 통해 소액 투자를 한 것이 발목을 잡았다.
영화 세 편을 묶어서 하는 투자였는데 첫 번째 영화가 흥행에 실
패하는 바람에 2번 타자로 나선 〈82년생 김지영〉의 성공을 두
손 모아 고대하는 신세가 되었다. 역시 뭐든 자기 돈이 들어가야
진심이 담기는 법.

　　같이 보러 간 아내는 대체로 호평이었다. 2019년 대한민국
을 살고 있는 (본인을 비롯한) 삼십 대 기혼 워킹맘의 마음을 콕콕

잘 집어준다는 점에서 후한 점수를 줬다. 남편이 공유라는 등 원작과 다른 사소한(?) 차이는 쿨하게 넘어가기로 한 모양이었다. 하긴 감독도 얼마나 고심했으랴. 남편까지 영 꽝이었다면 러닝타임 두 시간으로는 턱도 없었을 터. 이 영화는 시리즈물로 제작되었을지도 모르겠다.

영화를 보고 나오면서 나름 깜찍한 아이디어가 하나 생각났다. 어머니를 모시고 〈82년생 김지영〉을 보고 오면 가내 평화에 밤톨만큼이라도 기여할 수 있지 않을까? 요즘 워킹맘의 어려움을 영화를 통해 간접적으로나마 경험하면, 일에 치여 정신없는 며느리를 보는 시어머니 마음도 좀 달라질 수도 있겠다 싶었다.

기대감이 날로 커져 못 견딜 지경에 이르렀고, 결국 지난 주말 거사를 감행했다(사실 투자자로서 흥행에 기여해야지 하는 자기 합리화도 절반쯤 섞여 있었다). 며칠 새 프라임타임은 〈겨울왕국 2〉가 이미 모두 차지해버려, 엘사 발 태풍에 겨우 살아남아 있던 늦은 저녁 시간대 〈82년생 김지영〉을 어머니와 함께 보게 되었다.

처음 볼 때는 미처 눈에 들어오지 않았던 것들, 이를테면 '이 집도 아영이한테 콩순이 카페 놀이 장난감 사줬구나' 같은 깨알 디테일을 즐기던 와중 옆을 흘깃 바라보았다. 어머니는 스크린 속으로 깊이 빠져들어가 있는 듯했다.

집에 돌아오는 길에 슬쩍 물었다. 오랜만에 본 영화인데 어떠셨냐고. 어머니가 "응, 좋았다. 잘 봤다" 하길래 역시 내 생각이 틀리지 않았구나 하며 속으로 쾌재를 부르고 있는데, 한마디를 덧붙인다. "외할머니에게 더 잘해드려야겠어."

아, 그렇구나.
어머니는 어머니의 〈82년생 김지영〉을 봤구나.

〈82년생 김지영〉은 소설로, 영화로 동시대 사람 수백 만의 공감과 지지를 얻었다. 다른 영화나 소설에서는 미처 찾아보기 어려웠던, 삼십 대 워킹맘들이 '내 이야기 같다'라고 느끼는 일화들이 한데 모여 예상치 못한 강력한 폭발력을 만들어냈다. 그러나 그 이야기 속에서 어머니의 시선이 다다른 지점은 약간 떨어진 곳이었다. 김지영의 삶이 아닌 김지영의 엄마 미숙, 그중에서도 미숙의 젊은 시절이었다.

좋은 이야기는 등장인물이 마치 내 인생을 대변해주는 것 같은 느낌을 갖게 만든다. 어머니는 어릴 적 오빠들보다 공부 잘했던 미숙, 선생님이 되고 싶었던 미숙, 그 시절 많은 여성들이 그랬던 것처럼 일생의 적지 않은 시간을 재봉틀 앞에서 보내야 했던 미숙, 시어머니에게 타박받던 미숙을 보며 그간의 인생 궤적을 돌아보고 있었다. 그리고 아들과 집에 돌아가는 길 내내 미숙에 대한 안타까운 마음이 어느새 자기 어머니, 외할머니에게로 이어지고 있었다. 어머니는 자기만의 독법으로 작품과 만났고, 여운을 즐기고 있었다.

집에 거의 다 도착했을 무렵, 어머니가 카운터펀치 한 방을 날렸다.

"근데 네 아빠랑 같이 봤던 그 뭐냐, 할머니랑 소 나오던 영화 생각도 많이 나서 극장에서 눈물 나는 거 참느라 혼났다."

아버지랑 두 분이 같이 봤던 영화 〈워낭소리〉 이야기인가. 십 년도 더 된 까마득한 추억이 영문도 모른 채 불쑥 소환됐다. '돈 아깝게 영화는 무슨 영화' 나는 두 분을 억지로 모시고 가서 봤던 그 영화. 엄마는 〈82년생 김지영〉을 보며, 예전에 두 분이 알콩달콩하게 봤던 〈워낭소리〉도 같이 보고 있었던 게다. 아마도 두 분이 같이 봤던 마지막 영화.

콘텐츠를 보는 행위는 그저 단초를 제공할 뿐, 사람들은 저마다 그 속에서 자신들의 내면을 들여다보는 시간을 갖는지도 모르겠다. 같은 영화를 봤으나 아내는 지영을, 어머니는 미숙을, 나는 대현을 중심으로 보고 받아들이고 있었으니.

나로서는 이런저런 이유로 공유를 꽤 의식하지 않을 수 없던 영화였다. 그래서 출근길 아침, 옷깃 꼭 여며야 하는 겨울에 서울을 벗어나 부산행 열차를 타는 상상을 해본다. 두 번씩 들어도 한두 문장은 결국 이해 못하고 넘어갔던 공유의 걸쭉한 부산 사투리가 사방에 흠씬 묻어날 그곳을 가족과 함께 거닐고 싶다. 공유 못잖은 아빠가, 남편이, 아들이 될 수 있는 시간이 아직 남아 있다고 믿어본다.

그래도
미루지 말아야 할 것들

*
*
*

디지털 콘텐츠 플랫폼 '퍼블리' 뉴스레터를 통해 재미있는 테드 강연을 보게 되었다. 팀 어번의 '할 일을 미루는 사람들의 심리'라는 14분짜리 영상이다.

할 일을 미루지 않는 사람이 세상 어디에 있겠는가! 특히 팀 어번이 자신의 졸업논문 준비 경험을 소개하며 미루는 사람의 심리를 설명하는 부분은 최근의 내 모습과 정확히 맞닿아 있어서 보는 내내 웃지 않을 수 없었다. 팀 어번은 구글어스를 켜고, 나는 영화와 드라마를 본다는 차이만 있을 뿐.

팀 어번의 강연은 조회수가 3700만에 이른다. 그만큼 동서양을 막론하고 일을 미루는 심리는 어디에나 존재하는 것 같다. 강연을 보다 보니 예전에 봤던 책도 떠올랐다. 앤드루 산텔라의 〈미루기의 천재들〉이라는 책이다.

이 책도 테드 강연을 볼 때처럼 킬킬거리며 즐겁게 봤다. 그 위대한 다윈도 진화론을 출판하기 전에 엄청나게 미적거렸구나… 하는 뜬금없는 동질감(?)을 느끼면서.

'매사를 미루고 미루고 또 미루다 보니 결국 모두가 행복했습니다'라는 결말로 끝나면 얼마나 좋을까만은, 아쉽게도 인생에서 그런 일은 드물다. 어번이 강연에서 깔끔하게 정리해주는 것처럼, 할 일을 미루는 사람(그러니까 우리 모두) 머릿속에 있는 '순간적 만족감 원숭이'는 '합리적 의사결정자'와는 대척점에 있는 경우가 많으니까.

살다 보면 미루지 말아야 할 것들도 있는 법이다.

다음번에, 다음번에 하면서 미적거렸던 것 중에서도 가장 아쉬운 것을 하나 꼽자면 부모님과의 해외여행이다. 사회생활을 시작하고 제 밥벌이를 하기 시작하면서 나만의 버킷 리스트를 만들었다. 그중 하나가 바로 부모님과 함께 떠나는 해외여행이었다(근교 여행 말고 꼭 폼나는 해외여행이어야 했다). 자식들 키우느라 바빠 여행은 꿈도 못 꿨던 부모님을 모시고 가까운 일본이나 중국이라도 같이 갈 수 있다면 얼마나 근사할까 싶었다.

아버지는 나름 거창했던 아들의 계획을 허락하지 않았다. 어머니도 마찬가지였다. 해외여행은 더 나이 든 후에 가도 괜찮다며, 얼른 월급 모아서 네 살 궁리나 하라 했다. 나 역시 막상 휴가기간이 다가오니 부모님과 함께 여행가는 계획이 부담스러워졌다. 일에서 벗어나 휴가만이라도 맘 편히 지내고 싶다는 생각이 머리 한쪽에 똬리를 틀었다.

아버지는 기껏해야 이삼 일에 지나지 않는 짧은 여름휴가를 쪼개어 형제자매들, 그러니까 삼촌 고모들과 함께 보내는 쪽을 택했다.

아버지가 돌아가시기 전까지 열 번 남짓한 휴가가 있었다. 정신 차려 보니 열 번의 기회가 눈 녹듯 사라져 있었다.

일상에서는 같은 공간에 있더라도 각자의 시간을 살아간다.

함께 지내도 그 시간 내내 서로 교감한다고 보기 어렵다. 누구는 TV를 보고, 누구는 말없이 밤을 깎는다. 서로 깊이 소통하지 않는다. 그래서 일상은 기억되지 않고 쉬이 흘러내려가기 일쑤다.

여행, 특히 해외여행은 새로운 환경에서 시작된다. 낯설면 낯설수록, 그 땅에서 의지할 사람이라고는 동행뿐이다. 자연스럽게 옆에 있는 사람과 대화를 나눌 기회가 늘어나고, 평소보다 더 많이 서로에게 기대게 된다. 그 과정 속에서 우리는 그동안 몰랐던 상대방의 새로운 면들을 깨닫는다. 모든 것을 속속들이 안다고 흔히 착각하는 직계가족이 동행이라면 더욱 그렇다.

많은 아버지와 아들 사이가 그러하듯, 나 역시 아버지와 단둘이서 보낸 시간이 많다고 할 수 없었다. 학업을 이유로 서울에 올라와 있을 때도, 미국에 있을 때도 전화 상대방은 늘 어머니였고, 아버지와는 간단한 인사 이상의 대화가 오가지 않았다(나이 든 아버지와 아들은 대체 왜 그렇게 서로를 내외하는 것일까?)

지난해 봄, 어머니를 모시고 오키나와 여행을 다녀왔다. 아버지를 잃고 난 후에 했던 후회를 나중에 한 번 더 하고 싶지는 않았다. 짧은 기간 동안 예상을 벗어나는 경험을 많이 겪은 여행이었다. 처음 가보는 나라에서 어머니는 물 만난 물개처럼 수영장을 휘저었고, 민속촌에서 기모노를 입어보곤 새색시처럼 환하게 웃었다. 어머니도 같은 생각이었을 것이다. 아버지와 같이 왔다면 훨씬 더 좋았겠다는.

하지만 이제 인생의 선택지에서 그 옵션은 지워지고 없다는 것을 나도, 어머니도 안다. 아버지의 부재를 받아들이며 일상을 살아간다.

미루는 건 신나고, 스릴 있고, 가끔은 생산성을 높이는 데도 도움을 주지만, 어떤 것들은 너무 미뤄서는 안 된다. 특히 그것이 소중한 사람에 관한 것이라면 더욱더.

사라진
노트 한 권

*
*
*

아이들 짐이 느니 집이 점점 좁아진다. 버려야
산다. 책과 옷가지들을 꺼내 기부 상자에 넣었다.

'이 책은 대학 때 정말 좋아했던 건데.'

'이 옷은 인턴 때 나름 큰 마음먹고 샀던 건데.'

물건에 얽힌 추억들이 떠올라 정리하는 내내 마음이 무겁
다. 버리는 일은 어렵다. 순간의 실수로 소중한 것까지 함께 버
릴까 두렵다. 곤도 마리에는 '설레지 않으면 과감히 버리라'라고
하지만. 누구나 그리 쉽게 툭툭 버릴 수 있었으면 정리 컨설턴트

같은 직업이 왜 생겨났겠나.

　김하나 작가의 에세이 〈힘 빼기의 기술〉에는 '세상에 단 한 권뿐인 육아일기'가 나온다. 엄마가 자신을 낳고 오 년간 꼬박 썼다는 일기. 아… 그러고 보니 내게도 비슷한 책이 있었다. 아버지의 두툼한 노트. 몇 번의 이사를 거치며 어느 순간 사라진 그 노트. 대체 언제 어떻게 떠나버렸을까. 유품을 정신없이 버리다 그만 쓰레기 봉투에 함께 넣어버렸던 건 아닐까.

　장편소설 한 권 분량은 될 법한, 꽤 두꺼운 노트였다. 겉표지는 닳아 없어졌지만 안쪽엔 아버지 글씨가 빼곡했다. 그저 글만 있던 게 아니었다. 초록색, 핑크색, 노란색… 색색의 펜으로 멋을 낸 글귀들이 매 쪽마다 자리 잡고 있었고, 한 귀퉁이에는 코팅한 나뭇잎들이 붙어 있었다(나뭇잎 위에 시를 쓰는 게 1970년대 인스타 감성이었던가). 뒤로 넘겨보면 잡지에서 오려 붙인 배우들 사진도 있었고, 아버지가 그린 그림도 나왔다. 네 컷 만화 같은 그림도, 극화체의 군인 그림도 기억이 난다. 이는 이를테면 아버지의 습작 노트였다.

어릴 적에 볼 때는 보물지도 같은 느낌이었다. 내가 미처 기억하지 못하는 세상, 태어나기 전의 미스터리를 담고 있는 유일한 단서 같았다. 노트 속에는 내가 늘 보던 아버지와는 사뭇 다른, 파릇한 이십 대 청년의 표정이 있었다. 그중에서도 아버지의 연서는 늘 키득이며 읽던 클라이맥스 같은 부분이었다. 세상에 'J에게'라니! 돌이켜보면 그 편지는, 그저 런닝셔츠 차림에 소주 마시는 것만 좋아하는 줄 알았던 양반에게도 모든 걸 불태울 것만 같던 청춘이 있었음을 증명하는 것이었다.

노트를 이리저리 뒤적이며 혼자 상상하곤 했다. 젊었을 적 아버지는 어떤 삶을 살았을까. 온갖 정성을 다해 글과 그림을 남기던 순간의 당신은 무슨 마음이었을까. 자식들을 낳고 키우고, 마흔이 넘고 쉰을 넘긴 나이에 다시 노트를 펴본 적은 있었을까.

사라진 노트를 떠올리며 혼자 아쉬워한다. 지금 집으로 이사온 후로 몇 번을 뒤져봤지만, 찾지 못했다. 내 기억 속에만 존재하는 책이 되고 말았다. 버리지 않았다면 가끔씩 꺼내 읽어볼 수 있었을 텐데. 살면서 가장 많이 읽은 책이 어머니가 쓴 육아일기라던 김하나 작가가 괜히 부러웠다.

아이가 〈슈퍼윙스〉를 보다 고개를 돌려 묻는다.

"아빠, 일본 가본 적 있어? 인도 가본 적 있어? 아참, 나 태어나기 전에 가봤다고 했지?"

"암, 가봤지. 아빠는 (지금도 젊지만) 젊었을 때 장난 아니었어. 안 다녀본 나라가 없어. 뱃살도 하나도 없었어. 지금보다 훨씬 멋있었어. 그래서 엄마가 좋다고 따라다녔잖아!"

"…못 믿겠는데?"

사실 아빠도 말이야, 할머니가 종종 네 할아버지가 오토바이 타고 자기를 태우러 왔다는 이야기를 할 때마다 감히 상상이 안 됐어. 근데 예전에 할아버지가 남긴 노트가 있었거든? 그 노트에서 본 글과 그림을 (그리고 나뭇잎을!) 떠올리면 '라이더 할아버지' 모습도 있었을 법하다고 인정할 수 있을 것 같아.

초등학생이 되어서인지 아이는 예전만큼 쉬이 믿지 않는 눈치지만, 나중에라도 한 가지는 알아줬으면 좋겠다. 자기가 태어나기 전에도 세상은 돌고 있었고, 사람들은 살아가고 있었고, 아빠와 엄마도 네가 매일 보던 것과 달리 수줍은 시절이 있었다는 것을. 제 눈으로 보지 못했으니 믿긴 어렵겠지만. 그냥, 그렇다고.

둘만의 마지막 외식,
짜장면 한 그릇

***

    오랜만에 아이들 손을 잡고 외식을 하러 나섰다. 아이들과 함께 밖에서 밥을 먹으려고 하면 선택지가 생각보다 많지 않다. 매콤한 음식은 아이들이 먹을 수 없으니 리스트에서 삭제. 굽는 음식도 자칫하면 혀를 델 수 있으니 가능하면 피한다. 투닥투닥 장난치다 음식을 엎지르기 쉬우니 테이블도 널찍한 곳이 좋다. 이러다 보면 결국 갈 만한 곳이 몇 군데로 좁혀진다. 짜장면이냐 파스타냐.

    고민하다 근처 중국집에 갔다. 모처럼 온 중국집이니 탕수육 하나 시켜야지. 기분 좋은 일로 외식하는 거니 오늘은 '찹쌀' 탕수육이다! 물론 소자로.

"찹쌀 탕수육 하나, 짬뽕 둘에 짜장면 하나 주세요. 그리고 아이들 나눠먹을 수 있게 그릇 하나 더 주시겠어요?"

탕수육 한 점 집어 들며 아이들이 오물오물 먹는 것만 바라봤다. 오늘은 너 좋아하는 짜장면이니 제발 다 먹어라.

늘 아이들 먹고 남은 음식 처리하는 게 일이다. 수현이는 유난히 입이 짧아서 음식을 자주 남긴다. 항상 '오늘 이만큼은 먹겠지' 하고 차리면, 늘 그것보다 적게 먹는다. 남은 음식이 아까워 내가 다 먹을 때도 꽤 있다. 소싯적엔 나름 맛집 깨나 찾아다니던 사람이었는데, 애들 남긴 음식이나 먹는 아빠가 될 줄이야. 짜장을 입에 잔뜩 묻힌 채 모처럼 정신없이 먹고 있는 아들을 보고 있노라니, 그날 풍경이 떠오른다. 아버지와의 마지막 외식.

어딜 다녀오는 길이었을까. 아마도 병원에서 나오는 길이었겠지. 매일같이 병간호하느라 붙어 있던 어머니도 없고 그날은 나와 아버지 둘뿐이었다. 남자 둘이 말없이 터벅터벅 동네 어귀를 들어오는데 갑자기 아버지가 말했다.

"짜장면이나 한 그릇 먹고 갈까?"

길가의 허름한 중국집에 들어섰고, 아버지와 식탁을 두고 마주 앉았다. 짜장면 두 그릇 값은 육천 원. '서울에서 먹는 짜장면 한 그릇 값도 안되네'라는 생각을 하고 있는데, 그새 짜장면 두 그릇이 아버지와 내 앞에 턱, 턱 놓였다.

후루룩 후루룩. 우리는 말없이 짜장면 면발을 집어 입안에 넣었다. 늘 그렇듯 짜장면은 맛있는 음식이지만. 그날의 식사는 뭐랄까… 돌이켜보면 참 어이없는 풍경이다. 다 큰 남자들은 왜 다들 그런 걸까. 둘이서 여전히 말 한마디 없이, 짜장면을 입 안에 욱여넣었다. 양념 하나 남김없이 비울 때까지 그릇만 파먹고 있었다.

그날 그 짜장면 한 그릇이 세상에서 아버지를 마주하고

먹는 마지막 외식이란 것을 알고 있었다면,

나는 그렇게 조용히, 아무 말 없이, 단숨에

식사를 마칠 수 있었을까?

좀 더 살갑게 굴 순 없었을까. 오래 못 봤던 아버지에게 이것저것 물어보고 좀 하지. 하고 싶은 말이 가슴속에 그득했을 텐데.

아버지와의 마지막 외식은 그렇게 조용히 끝났다. 둘이 마주 앉아 이런저런 이야기를 나눌 시간은 다신 오지 않았다. 신은 그렇게 쓱 아무렇지도 않게 아버지와 대면할 기회를 내주었는데, 나는 그 마지막 기회를 내 발로 걷어차버렸다. 삼천 원짜리 짜장면 먹는 외식쯤이야 자갈밭의 돌처럼 흔하다는 생각에, 언제든 마음만 먹으면, 시간만 있으면 가능한 것이라는 젊은 오만으로.

늘 나중에야 어머니에게 이야기를 전해 듣곤 한다. 그 짜장면집은 서울 사는 네가 보기엔 허름해 빠진, 돼지고기 몇 점 없는 싸구려 짜장면이나 파는 집 같지만, 아버지가 꽤나 좋아하던 집이었단다. 그런데도 이 앞을 지나가며 어머니가 한 번 먹으러 가자고 하면, 집에 밥 있는데 뭐하러 밖에서 돈 내버리냐고 역정 내곤 집으로 발걸음을 옮기셨단다. 고작 삼천 원인데.

그러니까 그날 아버지는 이미, 아들에게 당신 마음을 표현했던 것이다. 오랜만에 서울에서 내려온 아들이랑 둘이 마주 앉아 밥 한 끼 하고 싶다고. 다만 말을 안 했을 뿐, 아버지는 모처럼 당신이 좋아하는 식당에 가서 나름 맛있는 음식 한 끼 내어놓고 아들 얼굴 한 번 더 보고 싶었던 게다. 그냥 그렇게 말 한마디 없어도 좋으니까.

　짜장면 값을 내가 냈는지 아버지가 냈는지는 기억나지 않는다. 내가 냈다면 참 좋을 텐데.
　그냥, 내가 냈다고 믿고 싶다. 마지막이었으니까.

겨울

마음속
그림 한 폭

*
*
*

드라마 〈남자친구〉를 보다가 어떤 기억이 떠
올랐다. 물론 내 로맨스 이야기를 하려는 건 아니다(난 다른 건 몰
라도 주제 파악만은 잘하는 편이다).

학부 졸업을 앞두고 모 그룹의 신입사원 공채에 합격했다.
지금도 그런지는 모르겠으나 당시엔 입사가 확정되면 부모님에
게 회사 구경을 시켜드린 후 호텔에서 하룻밤 재워드렸다. 타 회
사로 이탈할 수도 있는 신입들을 붙잡아두려는 인사부서의 정책
이었겠지만, 당신 자녀들이 이렇게 좋은 회사에 다니게 되었으

니 걱정 마시라는 인간적 배려도 섞여 있었을 것이다.

그런 연유로 부모님이 서울로 상경해 본사 건물을 둘러본 후 워커힐 호텔에서 숙박을 하게 되었다. 확인해볼 것도 없이, 두 분 모두 생전 처음으로 5성급 호텔에서 묵는 날이었다. 부모님에게 이런 대접을 해주니 신입사원 어깨가 으쓱한 것은 당연했고, 그 효과가 톡톡히 있었는지 나는 여전히 부모님이 구경오셨던 건물을 부지런히 오르내리고 있다.

그날 신입사원 장기자랑과 저녁식사를 동반한 전체 행사를 마친 후 부모님을 객실로 안내했다. '이런 데 엄청 비싸지 않냐'며 침구를 손으로 쓸어보고 미니바를 열었다 닫았다 하던 어머니와 아버지 모습이 아직도 기억난다.

부모님을 방에 모셔다드렸겠다, 아직 입사 전이지만 중요한(?) 이벤트도 하나 끝냈겠다, 하여 살짝 풀어진 마음으로 동기들과 부어라 마셔라 하며 밤을 보냈다. 창 밖으로 눈발이 많이 날렸는데, 취기가 올랐던지 '이런 날에 썩 잘 어울리는 꽤 멋진 눈'이라는 감상적인 생각이 살짝 스쳤다.

다음날 아침, 느닷없이 어머니가 아버지 흉을 보는 게 아닌가. 눈이 펑펑 내리던 그 밤에, 아버지가 배가 고프다며 워커힐 언덕길을 걸어내려가 한참 아랫동네까지 가서 치킨을 사 오셨단다. 룸서비스는 감히 부를 생각조차 못하고. 호텔까지 올라오는 길에 이미 차갑게 식어버린 치킨을 어쨌든 두 분이 한밤중 호텔방에서 맛있게 드시고 주무셨다는 나름 훈훈한 이야기였다. 이 이야기를 들으며 내가 동기들과 어울리는 동안 이런 해프닝이 있었구나 하고 웃어넘겼다.

그런데, 이상하게 그 눈 내리던 날의 어둑어둑한 밤공기가 마음속에 오래도록 맺혀 있다. 분명 직접 눈으로 본 건 주황빛 조명에 반사되어 내리는 눈발뿐인데, 수십 번 넘게 한 상상이 마치 오래된 광경처럼 머릿속에 남아버렸다.

가로등 아래 눈을 맞으며 눈이 소복이 쌓인 길을
조심조심 느릿느릿 내려가는 아버지의 뒷모습이.

왜 그 장면이 그날 마치 내가 눈으로 본 것처럼 생생하게 그려지는지 이유는 모른다. 굳이, 애써 해석하자면 아마 그 모습이야말로 내 아버지를 가장 압축적으로 설명하는 상황극 같았기

마음속 그림 한 폭

때문이랄까. 특급호텔 같은 럭셔리와는 영 거리가 멀었던 사람, 가끔 엉뚱해서 주변 사람들에게 웃음을 주었던 사람, 무엇보다 소주 한잔에 치킨 한 조각을 사랑했던 사람이 낯선 상황에서 만들어낸 짧은 단막극. 한 배우를 오래도록 보아서 그의 개성을 너무나 잘 아는 사람에게만큼은 길이 남을 명장면이 되어버린, 소소하고도 조금은 황당한 이야기.

〈남자친구〉의 '남주'인 박보검이 과일장사를 하는 부모님을 호텔로 모시는 장면을 보다 그만 그해 겨울이 떠오른 것이다. 맘속에 고이 접어둔, 아차산 근처에 갈 때나 슬쩍 펼쳐보는 그림 한 폭을 다른 이에게 몰래 들킨 것 같아 드라마를 보다 괜히 멋쩍어졌다.

아직 겨울이 다 지나지 않았으니, 주말에 그랜저를 몰고 아차산에 한 번 다녀와야겠다. 그리고 이제 앞머리 이름이 바뀐 그 호텔 앞을 거닐어봐야겠다. 그날 마침 눈이 온다면 더할 나위 없이 좋겠다.

자~알 나왔어!

*
*
*

"자~알 나왔어!"

사진을 찍어줄 때마다 아버진 버릇처럼, 글로는 온전히 그 높낮이를 표현키 어려운 한마디를 내뱉으며 엄지손가락을 추켜올렸다. 결과물을 확인할 수 없는 필름 카메라 시절부터의 습관이었으니, 뷰파인더 속 피사체가 마음에 썩 들었다는 당신만의 표현이었을 것이다(곧잘 잊곤 하지만, 디지털 카메라가 보편화되기 전에는 사진은 특별한 행사가 있을 때 찍는 것이었다). 눈에 넣어도 아프지 않은 자식들을 데리고 나간 모처럼의 나들이길, 입버릇처럼 외치던 "자~알 나왔어!"는 이 순간을 사진으로 남긴다는 행위 자체에 대한 만족감을 표현하는 감탄사가 아니었을까.

두말할 것 없이 나와 내 동생은 아버지의 그 독특한 표현을 세상에서 가장 많이 들었다. 난 어떠한 시공간에 있더라도 그 음성을 듣자마자 아버지를 찾아낼 수 있으리라고 확신한다. 그런 톤으로 이 말을 내뱉을 사람은 지구상에 우리 아버지밖에 없으니까.

지난주 금요일은 수현이의 유치원 발표회 날이었다. 찬바람이 불 무렵부터 집에 와서 노래에 맞춰 뭔가 흔드는(?) 동작을 하길래 유치원에서 희한한 것을 애들에게 가르치는구나 하고 무심히 지나쳤다. 그게 연말 발표회 준비라는 건 날짜가 다가와서야 알았다. 조막만 한 녀석이 어느덧 자라서 자유롭게 의사소통하는 것도 신기한데, 연말이라고 무엇인가를 배워서 부모들 앞에서 발표를 한다니.

솔직히 기대 반 걱정 반이었다. 어렸을 때 나처럼 무대 공포증이 있어서 다른 아이들 다 하는데 혼자 멍하니 서 있다가 우는 건 아닐까 등등 시답잖은 걱정이 다 들었다.

　　다섯 살부터 일곱 살까지 수십 명의 원아들을 강당에 모아 놓고 진행되는 한 시간 반가량의 발표회였다. 조금 이른 저녁에 시작되는 일정이어서, 정시 퇴근을 해도 제시간에 맞출 수 없어 회사에 당당히 반차를 내고 갔다. 버스를 타고 가는 길엔 비로소 부모가 된 기분도 들어 혼자 으쓱했다. 강당에 도착해 먼저 와 있던 아내와 어머니와 함께 아이들이 무대로 올라가는 모습을 멀찌감치 뒤에서 지켜봤다.

　　얼마 지나지 않아 수현이가 속해 있는 반 차례가 되었다. 아이들이 올망졸망 줄을 지어 앞으로 나가기 시작했다. 무대에 오르는 아이들의 모습을 보고 있는데, 갑자기 눈가에 눈물이 핑 돌았다. '어라, 왜 이러지?' 하는 생각과 동시에 머릿속에서 아버지 모습이 스쳐지나갔다. 얼른 앞에 나가서 아들 사진을 예쁘게 찍어줘야 하는데 자꾸만 눈물이 앞을 가렸다.

　　아버지가 살아계셨다면 보고
　　너무나 좋아했을 모습이었다.

아버지가 나보다도 먼저 달려나가 스마트폰을 꺼내 이렇게

자~알 나왔어!

저렇게 손주 사진을 찍어주는 모습이 눈앞에 생생히 그려지고 있었다. "자~알 나왔어!"를 연발하며 엄지손가락을 몇 번이고 추켜올리는 아버지 특유의 모습이.

얼른 눈가를 훔치고 아들이 혹시 아빠를 못 찾을까 열심히 손을 흔들었다. 두리번거리며 사방을 둘러보던 아이는 어느덧 나를 보고 빙그레 웃었다. 그러고는 친구들과 함께 준비한 공연을 시작했다. 내 우려와는 달리, 아이는 중간에 머리띠가 벗겨지는 돌발상황에서도 무사히 제 역할을 다했다. 준비한 노래와 율동이 연달아 마무리되었을 때 나는 아버지가 내게 했던 것처럼 똑같이 아이를 바라보며 엄지손가락을 추켜올려줬다.

수현이가 몇 차례 더 무대에 올라 노래와 율동, 악기 연주를 하는 동안 난 계속 아버지가 함께하고 있다고 믿어 의심치 않았다. 아이들의 그 맑고 아름다운 모습을 나는 아버지와 함께 지켜보고 있었다. 아버진 흐뭇하게 웃으며 엄지손가락을 올리고 있었다. 물론 "자~알 나왔어!"라는 말도 연발해가면서.

아쉽기만 하다. 수현이가 할아버지와 보낸 시간이 너무나 짧아서. 할아버지가 너무나 예뻐했다는 사실을 잊지 말라고 가끔 영상과 사진을 보여주지만, 커가면서 기억은 점점 더 희미해지고 아득해질 것임을 알고 있기에.

　수현이가 나중에 조금이라도 이해할 수 있었으면 좋겠다. 가끔은 굉장히 힘들 때도 있는 게 인생이지만, 그럼에도 삶을 살 수 있게 만들어주고 아낌없이 축복해준 많은 사람들의 보이지 않는 힘이 면역력처럼 너를 항상 감싸고 있다는 것을. 그리고 그 안에는 조금 일찍 떠나긴 했지만 할아버지의 진심 어린 마음도 분명히 존재하고 있다는 것을.

자~알 나왔어!

누구나 잠시나마
치유자가 될 수 있다

*
*
*

"정말 미안한데, 꼭 와줄 수 없을까?"

친구 아버지가 돌아가셨다. 지병이 있어 급작스러운 것은
아니었다지만, 그래도 친구의 충격이 적지 않겠다고 생각했다.
하지만 밤늦은 시각, 장례식장은 잠깐 들렀다 오기엔 꽤 먼 거리
였다. 고민하다 친구에게 '너무 미안하지만 못 가보게 되었다고,
멀리서 마음만 전하겠다'는 메시지를 조심스레 보냈다.

마음 착한 친구는 괜찮다고 했다. 집으로 돌아오면서 '바깥
일보다 내 가족을 우선하는 가장이 된 것'이라고 스스로를 위안

했다. 하지만 수년 전 일이 지금까지 또렷이 남아 있는 걸 보면, 그때 내 결정은 현명하지 못했다.

아버지를 떠나보내고 얼마 지나지 않은 어느 날, 그 친구가 보냈을 그날 밤을 떠올렸다. 직접 겪어보니, 그날 밤 친구의 마음속에 내 메시지가 어떻게 보였을까 싶어 까마득했다. 말은 괜찮다고 했지만 전혀 괜찮지 않았을 것이다. 하필이면 추운 계절이었고, 친구에게 그날 밤은 살면서 가장 추운 밤이었을 것이다. 늦더라도, 단 한 사람이라도 더 찾아와주길 바랐을 것이다. 잠시나마 시간 내어 찾아와 식장에서 밥 한술 편육 한 접시 먹고 가는 것이 상제에게 그렇게 위안이 된다는 것을, 그는 나보다 어린 나이에 먼저 느꼈을 것이다.

아차 내가 큰 잘못을 했구나. 그랬구나, 정말. 입술을 깨물며 후회했다. 한국에 돌아온 후 친구에게 술을 사며 늦게나마 미안한 마음을 전했지만, 아마도 그날 밤의 추위를 덮혀주기엔 너무 늦은 사과였을 것이다.

그 겨울 이후로는 지인이 부모상을 당했다고 하면 꼭 찾는다. 물리적으로 불가능한 상황이 아니라면, 아주 잠깐이라도 들렀다 온다. 결혼식은 못 가는 일이 많지만, 장례식은 그래서는 안 된다는 경험을 친구에게서, 그리고 아버지를 통해서 배웠다.

어제 저녁, 한 지인의 아버지가 돌아가셨다는 연락을 받았다. 또 한 사람이 추운 밤을 보내겠구나 싶었다. 다음날 예를 표할 수 있도록 최대한 갖춰 입고 상가에 다녀왔다. 상제의 얼굴을 똑바로 바라보는 건 어렵다. 어떤 상가에 가도 황망함과 슬픔이 상제의 눈동자에 그득히 담겨 있다. 눈을 보면 그 사람의 슬픔이 나의 슬픔이 된다. 어떤 슬픔을 겪고 있는지 그 자리에 서본 사람으로서 너무 잘 알고 있다.

신영복 선생님이 〈감옥으로부터의 사색〉에 썼듯, 그렇게 동일한 입장이 되어 잠시나마 관계의 최고 형태에 도달한다. 그래서 꽤 여러 번 장례식장을 갔는데도 내 눈이 반사적으로 상제의 눈을 피하려 애쓰고 있음을 느낀다. 아버지를 잃은 그날 밤이 고속 재생되는 것처럼 스쳐지나가고, 아프기 때문에.

그래도 아픔을 이길 수 있게 해주는 것은, 결국 사람의 마음이다. 같이 아파해주고 공감해주는 사람들이 있어서, 사람들은 눈물조차 나오지 않는 힘겨움을 이겨낼 수 있다. 보잘것없을지언정, 나의 시간이 남의 슬픔을 치유하는 치료제로 쓰여 조금이라도 마음을 달래줄 수 있다면 그것보다 가치 있는 쓰임이 있겠나.

모든 사람은 치유자, 힐러(healer)가 될 수 있다.

그럴 마음만 먹는다면.

어머니는 생전에 아버지가 얼마나 집안 시시콜콜한 경조사까지 챙기고 다녔는지에 대해 말한다. 아버지가 그랬으니 너도 그래야 한다는 은근한 압박(?)과 함께. 세대가 다르니 똑같이 따라 할 수는 없겠지만, 그래도 요즈음은 아버지가 왜 그렇게 열심히 경조사를 챙겼는지 예전보다는 좀 더 많이 이해하게 됐다. 어머니가 기억하는, 시간을 쪼개어 경조사에 다녀오는 아버지의 모습은 적어도 할아버지를 먼저 떠나보낸 사십 대 이후의 아버지일 것이다.

신의 섭리에 따라 삶은 유한하다. 우리는 인생을 살며 언젠가는 어떤 방식으로든 이별을 맞이한다. 남은 자가 가진 슬픔의 크기는 떠난 이와 그간 함께 만들어온 관계가 얼마나 깊었는지를 보여주는 증표이기도 하다.

상실로 인한 슬픔을 꽤나 오래도록 삭여가야 할 지인이 이별을 잘 받아들이고 단단히 일어설 수 있기를 진심으로 바란다. 그리고 이 모든 가르침의 단초를 제공해준 인상 좋은 친구와 따끈한 술 한잔 할 수 있길 기대해본다.

아버지가 남긴
열 살배기 그랜저

***

"차가 연식이 좀 됐네요."

엔진오일 교체한 지가 까마득해서 오일을 갈러 집 근처 정비소에 들렀더니, 정비사가 차에 이곳저곳 손볼 데가 많다고 친절히 일러줬다. 주행거리가 십만 킬로미터에 다다랐으니 타이밍벨트 세트도 바꿔야 하고, 오 년 전쯤 바꾼 타이어도 편마모가 있어서 당장은 아니라도 날씨가 더 추워지기 전에 교체하는 게 좋겠다고 알려주었다.

그러고 보니 지금 몰고 있는 차 나이가 만으로 딱 열 살이다. 2009년식이지만 실은 2008년 가을에 출고된 그랜저 TG. 아직 내 차라고 말하기엔 아버지의 손때가 훨씬 더 많이 묻어 있는, 아버지가 남긴 유품 중 가장 쓸모 있는 녀석이다. 주말에 아이들을 데리고 야외로 나갈 때, 그리고 가끔 동생네나 처가로 멀리 나갈 때 큰 불편 없이 우리 가족을 실어다준다.

아버지에게는 두 번째 자가용이었다. 십 년 넘게 타던 쏘나타가 사고 나서 폐차시킨 후, 출퇴근 목적 반 영업 목적 반으로 새 차를 샀다. 당시 집안 형편을 생각하면 만만치 않은 가격이었음에도, 아버지는 쏘나타보다 좋은 차를 오래 타고 싶다며 무리해서 그랜저를 할부로 뽑았다. 카탈로그를 보면서 심혈을 기울여 색상과 옵션을 고를 땐 너무나 진지해서 '저 양반이 무슨 수능시험이라도 보고 있나' 싶을 정도였다.

차가 출고된 직후 할머니가 돌아가셨다. 내 기억이 맞다면, 할머니는 딱 한 번 이 차에 앉아보셨다. 할머니 영정사진을 모시고 조수석에 탔을 때, 운전석에 있던 아버지는 조금은 쓸쓸하면서도 먹먹한 목소리로 내게 말했다.

"그래도 네 할머니 돌아가시기 전에 차가 나와서 다행이다. 좋은 차를 운구차로 쓸 수 있어서 정말 다행이다."

그랜저는 달리다, 한동안 멈춰 서다를 반복했다. 워낙 약주를 좋아했던 아버지였던지라, 그랜저는 아파트 주차장에 그냥 서 있을 때가 많았다. 만 십 년이 되었는데도 아직 주행거리 십만 킬로미터를 못 채운 이유다.

그래도 아버지는 그랜저 운전석에 앉아 있을 때 가장 행복했던 것 같다.

투병 중에도 아버지는 운전대를 잡았다. 집에서 병원까지 짧은 거리의 운전도 힘겨워했지만 그래도 꿋꿋이 엄마를 조수석에 태우고 병원에 입원했다가 퇴원해서 나오길 반복했다. 기력이 완전히 쇠하기 직전까지.

이 이야기를 나중에 듣고 아찔했으나, 아마 엄마도 차마 말리지 못했을 것이다. 아버지는 운전석에 앉아 차를 운전할 때만큼은 병마의 속박에서 벗어나 어디로든 달릴 수 있는 자유를 느꼈을 테니까.

아버지가 남긴 열 살배기 그랜저

주차장에 서 있는 좋은 차들을 보면 가끔 차를 바꿔볼까 하는 생각도 들지만, 역시 쉽지 않다. 차에서 아버지 손때가 다 가실 때 즈음에야 겨우 다른 곳으로 보내줄 수 있지 않을까. 언제가 될지 모르겠지만 그때까지는 정든 이 그랜저가 우리 가족의 튼튼한 발이 되어주면 좋겠다. 이번에 이곳저곳 정비하고 나면, 다음 십만 킬로미터도 너끈하길 바란다. 공임까지 저렴하면 금상첨화일 텐데!

하루에
일 년을 산다

* * *

"이번에는 뭐 싸주지 마. 집에 놓을 데 없어."

연휴 때 처가에 다녀왔다. 아내는 내려가기 며칠 전부터 장모님에게 전화로 신신당부를 했다. 나는 지레 못 들은 척, 슬며시 주차장에 내려가 차 트렁크를 치웠다. 아내는 늘 그렇게 통화를 하고, 난 늘 트렁크를 비운다.

서울로 올라갈 즈음 되면 장모님은 헛간에서 그간 쟁여뒀던 것들을 꺼낸다. 사과, 참외, 토마토, 간장, 된장, 고추장… 끝도 없이 나온다. 난 트렁크 안쪽을 계속 들여다보며 조금이나마 물건이 더 들어갈 틈새가 있는지 궁리한다. 테트리스 퍼즐 맞추듯 끼워 맞춰 겨우 집어넣고 만세! 소리를 지르며 억지로 트렁크 문을 닫으려는 찰나, 장모님이 옆에서 자못 심각한 표정으로 한마디 하신다.

"자네, 차 더 큰 걸로 바꿔야 않겠나?"

사위는 그저 멋쩍게 빙그레 웃을 뿐.

늦은 점심상 앞에서 장모님은 아내에게 "내 이제 살면서 몇 번이나 같이 밥 묵겠노? 한 스무 번쯤 남았을라나?"라고 웃음 섞어 이야기한다. 아내는 무슨 그런 소리를 하느냐고 손사래를 치지만, 따져보면 영 틀린 말씀은 아니다. 멀리 산다는 핑계로 명절 아니면 생신 때나 찾아뵈니, 모녀가 같은 지붕 아래 누워 자는 건 일 년에 고작 며칠이다.

앞으로 30년을 더 사셔도 이런 식이면 합해야 고작 반 년 남짓. 아내에게는 엄마와 같이 밥먹고 같은 베개를 베고 도란도란 말을 섞을 시간이 얼추 그 정도 남은 셈이다. 한때는 매일같이 아침저녁으로 부대꼈을 그녀들인데. 30년쯤 남은 줄 알았던 시간이 사실 육 개월밖에 남지 않았음을 깨달았을 때 겪는 마음의 낙차는 꽤 크다.

처음 들은 것도 아니고 종종 농반진반 하던 말씀이라 새로

울 게 없는데, 이번엔 올라오는 내내 그 말씀이 맺혀 있었다. 절대적인 시간이 갖는 의미에 대해 다르게 생각해보게 된 것도 장모님 넋두리 때문이었던가.

대학을 다니러 서울로 올라온 게 스무 해 전이다. 모든 것이 낯설 땐 무작정 영등포역으로 갔다. 노란색 무궁화호 승차권을 끊어 집에 내려가는 길은 잠시나마 편안했고, 가슴엔 그리움이 일었다. 그러나 점점 대전에 내려가는 일은 뜸해졌고, 새로 사귄 친구들이 부모와 동생의 자리를 차지하기 시작했다. 20년을 함께 산 가족은 일 년에 두세 번 보면 자주 보는 사이가 되어갔다. 졸업을 하고, 직장을 잡고, 결혼을 하고, 아이들을 키웠다. 그렇게 부모의 품에서 벗어나 독립을 이뤘다. 물 흐르듯, 자연스럽게.

멀어졌던 아버지와의 접촉면이 다시 넓어진 것은 당신이 갑자기 암 판정을 받고 나서였다. 시한부 인생을 선고받고서야 금요일 밤에 본가를 찾기 시작했다. 주말은 짧았다. 그런 생활도 세어보면 몇 달에 불과했다. 나는 곧 처자식을 데리고 유학을 갔고, 한국에 들어와 지낸 여름 이주일을 빼곤 줄곧 떨어져 있었다. 이 년 넘는 투병기간 동안, 아들로서 아버지와 함께 지낸 시간은 많이 쳐야 겨우 한두 달에 불과했다.

"사실, 아빠가 많이 서운해했어."

'자식은 자식의 삶을 살아야 하니 곁에 없어도 괜찮다' 하셨던 아버지도, 몸과 마음이 모두 무너져가는 마지막에 와서는 멀리 떠나 있는 아들의 존재가 못내 서운하셨단다. 얼마 전 어머니가 대신 전해준 그 말 한마디, 그것은 그간 내가 가장 듣길 두려워했던 고백이었다.

아버지가 돌아가신 후 남아 있는 사진들을 정리하다 보니, 스무 살 지나서부터는 함께 찍은 사진이 손에 꼽을 정도로 줄어들었다. 몇 년에 한 번꼴로 서울 올라오실 때 나들이랍시고 경복궁에서 찍은 사진 정도가 청년 시절의 내가 여전히 그의 자식이었음을 보여주는 증거로 간신히 남았다.

영원하지 않으니, 하루를 일 년같이 살아야지. 백 년을 산다 해도 속을 들여다보면 시간은 잘게 쪼개져 있다. 시간을 함께 보내는 사람들은 계속 변해간다. 아이들은 점점 또래들과 어울리는 시간이 많아지고 어느덧 홀로서기를 준비할 때가 온다. 부모형제도 일 년에 한두 번 보면 다행인, 어떤 땐 이웃보다 못한 사이가 되기도 한다. 젊은 날 평생 함께할 것처럼 먹고 마시던 벗들도 정신 차리고 둘러보면 언제 만났는지 기억조차 희미하기일쑤다. 그저 무소식이 희소식이겠거니 하고 산다.

시간의 유한함이라는 절대 진리에 맞설 방법은
지금 이 순간, 오늘 하루에 집중해서 잘 살아내는 것이다.

아들딸이 나중에 독립한 후 일 년에 단 하루 아빠를 보러 온다고 생각하면, 오늘 이 친구들과 함께 지내는 하루는 미래의 일년과 같은 비중인 셈이다. 아내와 아이들과 함께 시간을 보내며좋은 추억들을 하나하나 쌓아가는 것, 그것이 하루를 일 년같이,일 년을 백 년같이 쓰는 법임을 이제야 겨우 알 듯하다.

장모님 뵈러 조만간 또 내려가야지 싶다. 마흔이 되어가도록 현명하게 시간 쓰는 법을 터득하지 못한 사위에게 인생 원포인트 레슨을 해주신 것에 감사하며.

어느
육십 대 부부 이야기

*
*
*

드라마 〈슬기로운 의사생활〉 초반부에 익준(조정석 역)이 노래방에 가는 장면이 나온다. 어느덧 마흔이 된 익준이 아들 우주와 함께 노래방 앞에 서 있는 장면을 보며 나도 덩달아 가슴이 벅차올랐다. 드라마에 나오는 OST도 다 내가 좋아하는 곡이다. 이승환, 쿨, 베이시스….

그러고 보니 노래방에 안 간 지 십 년은 되었다. 한때 나도 노래 좀 했는데. 나름 중고교 시절엔 임재범과 토이 노래를 부르며 목청을 뽐냈다. 그러나 그 시절 가족들과 노래방에 가면 '네가 노래를?' 이라는 반응이었다. 명절 때 친척들과 함께 노래방에 가도 대개 비슷한 반응이었는데, 그건 가까운 어떤 이 때문에 내 노래 실력에 대한 상대적 평가절하가 일어났기 때문이다.

그 인물은 다름 아닌 아버지였다. 아버지는 노래방에 가면 마이크를 놓을 줄을 몰랐다. 1990년대 노래방이 전국적으로 확산되기 전에는 거짓말 좀 보태서 참석하는 환갑잔치 칠순잔치마다 초대가수 급으로 대우받곤 했다. 아버지는 가락을 구성지게 잘 뽑았다. 레퍼토리도 많았다. 내가 잘 모르는 오래된 노래들이 대부분이었기에 크게 관심은 없었지만.

트로트 오디션 〈내일은 미스터트롯〉을 나중에야 찾아보았다. 프로그램의 존재야 진즉 알았지만, 내가 딱히 좋아하는 장르는 아니어서 어머니가 목요일마다 TV 앞에서 본방사수할 때 오며가며 슬쩍 보는 정도였다. 종방 후에야 임영웅과 영탁이 노래하는 장면을 온라인으로 재생해 보면서, 되먹잖은 고정관념 때문에 스스로 행복해질 수 있는 순간들을 놓쳤다는 것을 깨닫고 무릎을 쳤다.

그 나이대 어르신들이 다 그렇듯 아버지 형제들도 〈내일은 미스터트롯〉의 열성팬이다. 고모는 '큰오빠가 자주 부르던 노래들을 이 방송에서 젊은 가수들이 부른다'면서, 보고 있노라면 큰오빠가 생각난다고 눈물지었다.

사람의 기억력은 생각만큼 또렷하지 못해서, 떠난 사람의 육성은 점점 풍화되어 뇌리에서 사라진다. 아버지의 목소리를 듣지 못한 지 만 세 해가 넘은 지금, 애써 노력하지 않으면 아버지의 평상시 목소리가 잘 떠오르지 않는다. 그런데 〈내일은 미스터트롯〉에서 나오는 노래를 듣고 있자니 목을 긁어 힘차게 끌어올리던 아버지의 탁성이 또렷하게 귀에 들리는 듯했다. 아버지의 목소리는 사라지지 않고 머릿속 어딘가 고이 잠들어 있었던 거다. 다들 비슷한 경험을 한 건가. 삼촌과 고모, 그리고 말은 안 했지만 어머니도.

신성의 '녹슬은 기찻길'을 들으며 아버지의 '녹슬은 기찻길'을 같이 듣는다. 세상에서 유일하게 나만 들을 수 있는, 내 머릿속 그의 노래. 한참 오래된 곡이라고 생각했는데 원곡을 부른 나훈아가 이 곡을 낸 것이 1981년. 이십 대 젊은 아버지가 신혼의 단꿈에 젖어 있을 때다.

생전에 노래에 한을 담아 부르는 것 같다는 이야기를 많이 들었던 아버지의 수많은 노랫가락 속에서도 유난히 저 노래가 기억에 남은 이유는 무엇이려나. 소주 한잔 걸치고 당신의 청춘 시절 노래를 부르며, 아버지는 사십 대와 오십 대의 고단한 삶을 버티고 있었던 게 아닐까.

임영웅은 본선 경연곡으로 '어느 육십 대 노부부 이야기'를 다시 불렀다. 임영웅의 노래를 듣는 순간 꽤 오래도록 이 노래가 내 플레이리스트에 들어 있겠구나 직감했다. 전에는 왜 미처 몰랐을까. 수십 번도 더 들었을 김광석의 이 노래가 아버지를 떠나보내는 어머니의 송가인 것을.

어머니는 아직도 휴대폰에 오래된 노래들을 넣어놓고 듣는다. 몇 해 전 어머니가 산에서도 노래를 듣고 싶다고 해서 휴대폰에 다운로드 해놓아, 두 분이 함께 자연을 오가며 듣던 노래들. 몇 달 전 휴대폰을 바꿀 때 어머니는 수천 번은 족히 들었을 그 노래들이 온전히 옮겨졌는지부터 살폈다. 없어지면 안 될 소중한 보물인 것마냥.

그때는 몰랐고, 이제야 안다. 아버지 노랫소리를 누구보다 머릿속에 많이 저장해뒀을 어머니에게, 그 노래들은 아버지의 목소리를 이승으로 소환하는 마법의 도구라는 것을.

매주 목요일만 기다렸던 어머니가 임영웅의 노래를 놓쳤을

리 없으니 틀림없이 '어느 육십 대 노부부 이야기'도 들었겠지만, 아직은 이 노래를 듣고 어떤 마음이었는지 물을 용기가 나지 않는다. 시간이 좀 더 흐르고 나면, 아버지의 노랫가락조차 희미해질 정도의 시간이 지나면, 그때 아무렇지도 않은 듯 물어볼 요량이다. 세상이 어찌나 변했는지 이제 육십 대 노부부란 말은 없고 팔십, 구십 대나 되어야 노부부라 부를 만하니 아마 그때쯤이 되지 않으려나.

그냥 어머니 휴대폰에 미스터트롯 노래들만 말없이 몇 곡 넣어드려야겠다.

"다시 못 올 그 먼 길을 어찌 혼자 가려 하오
여기 날 홀로 두고 여보 왜 한마디 말이 없소
여보 안녕히 잘 가시게
여보 안녕히 잘 가시게
여보 안녕히 잘 가시게"

없으면
이상한가 봐

*
*
*

작은애가 큰애를 또 못살게 군다. 같이 놀고 싶은데, 오빠가 제 맘을 몰라주는 거다. 안 놀아주고 혼자 제 할 것 하는 오빠에게 심술이 난 동생은 장난감이든 뭐든 흐트러뜨리고, 몸을 쿡쿡 찔러대기 일쑤다. 그러다 투닥투닥 투다닥. 그렇게 싸우며 크는 중이다.

"없으면 이상한가 봐. 태어날 때부터 오빠가 있어서 그런가."

오빠 없이 혼자 있는 것을 못 견뎌하는 둘째를 보며 아내가 추측한다.

막내 삼촌 회갑이니 와서 밥 한술 뜨고 가라 기별이 왔다. 삼촌이 벌써 예순이구나. 삼촌댁에 가서 친척들 얼굴을 마주했다. 다들 나이가 꽤 드셨다. TV에서 나오는 임영웅과 영탁과 이찬원의 흐드러진 노랫가락을 하나라도 놓치지 않으려는 눈빛들을 보며 여전히 청춘이구나 생각하는데, 고모가 한마디 한다.

"… 큰오빠 생각나."

"나도 그래."

"나도."

아버지는 얼마나 복이 많은 사람인가. 팬들은 여전히 그의 노래를 잊지 못한다. 삼촌과 고모들은 요즈음 명멸하는 수많은 트로트 프로그램을 볼 때 아버지 생각을 하는 것 같다. 전후 베이비붐 세대로 태어나 형제자매 많은 것이 이런 축복을 가져다줄 줄은 아버지도 미처 몰랐을 거다.

대화는 자연스럽게 아버지에 대한 추억으로 흘러갔다. 언제 뭘 같이 먹었다는 둥, 그게 아니고 사실은 이랬다는 둥…. 나로서는 모두 처음 듣는 이야기다. 아들도 모르는 그의 이야기들. 그래, 생각해보면 자식이 부모에 대해 뭘 얼마나 많이 알겠는가 말이다. 삶에서 가장 푸릇했던 시절은 자식이 태어나기 전 먼 과거일 뿐인데.

아버지는 위에 누나를 둔 둘째였다. 동생들도 잘 챙겼지만 손위 누이에게 특히 살가운 동생이었다 한다. 당신들 이야기에 의하면 어릴 때 특히 그랬다고. 생전을 떠올려보면 어릴 적에도 그러셨을 법하다. 장남으로서 가족모임에서는 다소 무게를 잡는 기색이 있었지만, 큰고모에게는 가끔씩이나마 어리광에 가까운 모습도 보이곤 했다.

태어날 때부터 항상 옆에 있었던 존재라서였을까.

한강의 소설 〈흰〉에는 태어나자마자 흰 강보에 싸인 채 세상을 떠난 아기 이야기가 나온다. 〈흰〉은 한강의 어머니가 해준 이야기를 모티브로 한 소설이자 에세이다. 여백 많은 이 책을 찬찬히 읽다 떠올렸다. 그래, 아버지에게도 누나는 하나가 아니었다. 한 분 더 있었다. 지금 고모 말고, 큰누이가 한 분 더. 돌이 안 되어 세상을 떠났다고 들었다.

없으면 이상한가 봐

가끔 이야기를 들었다. 지금 네 큰고모 말고 한 분이 더 계셨다고. 자기가 태어나기도 전에 돌아가셔서 이름은 불러본 적 없지만, 그러니까 우리는 오 남매가 아니라 육 남매라고.

할머니와 할아버지 생전엔 들어본 적 없는 이야기다. 생각해보면 당연하다. 먼저 떠난 첫 아이를 평생 가슴에 묻고 살았을 두 분을 떠올리다 차마 더는 생각을 이어가지 못했다.

아버지는 얼마나 복이 많은 사람인가. 유난히 누나를 잘 따르는 아버지인데, 누나가 둘이라니. 하늘에서 큰누이와 상봉을 했으려나. 생전처럼 누나 말이라면 껌뻑하려나. 자기랑 안 놀아준다고 떼쓰는 동생은 아니셨으면 좋겠네.

이런 생각을 하던 중 무심코 카톡을 보니, '생일인 친구' 자리에 큰고모 이름이 있다. 뭐야 이거? 아빠, 설마 지켜보고 계신 거예요? '소스라치다'라는 동사는 이럴 때 쓰는 건가보다. 그러니까 생전 처음 조카가 큰고모에게 선물한 생일 케이크는 실은 아버지가 보낸 것과 다름없겠다.

그러니까, 아버지는 외롭지 않았고, 외롭지 않은 것이다.

마음을
아는 사람

*
*
*

      영화를 보며 원작자의 의도를 백 퍼센트 그대로 이해하는 사람이 있기는 할까. 받아들이는 자의 입장은 그야말로 백인백색, 천양지차다. 다양한 이들이 제각기 제 이야기라고 해석하게 만드는 콘텐츠는 그래서 힘이 있다. 보고 들은 사람의 숫자만큼 새롭게 태어나게 되므로.

      영화 〈벌새〉를 봤다. 〈벌새〉는 1994년, 중학교 2학년 은희의 성장을 그린다. 학번으로 치면 99학번이니, 〈슬기로운 의사생활〉의 채송화 친구 정도 되겠다. 직접 극본을 쓰고 메가폰을 잡은 김보라 감독은 "자기 안의 고통에 빠진 아이가 자신과 거리를 두며, 세상과 만나는 과정"을 그리고 싶었단다. 감독은 꿈을 이뤘고, 개인의 경험에서 시작한 이 이야기를 우직하게 끌고 가며 보편성에 가닿는 데 성공했다. 영화를 다 보고 나면 수많은 국내외 영화제에서 괜히 상을 준 게 아니구나 하는 생각이 든다.

개인적으로는 조금 길다 싶은 느낌도 있는데, 자기가 쓴 극본으로 찍은 영화를 제 손으로 편집하는 감독을 상상해보면, 2시간 18분의 러닝타임도 준수하다 못해 경이롭다. 한 페이지 남짓 쓴 글도 내 손으로 줄이려면 한 문단도 아까운데. 후기를 찾아보니 역시나 가편집본은 3시간 반이나 되었다 한다. 거의 3분의 1을 잘라낸 거다. 오 마이 갓.

영화 중 은희에게 한문을 가르치는 영지 선생님은 칠판에 〈명심보감〉의 문장을 쓴다.

相識滿天下 知心能幾人
상식만천하 지심능기인

얼굴을 아는 사람은 천하에 가득하지만,
마음을 아는 사람은 몇이나 되겠는가?

중학교 2학년인 은희가 얼굴을 아는 사람은 매 학년마다 만난 친구들로만 따졌을 때 사백 명 남짓. 그러나 '그중 네 마음을 아는 사람은 몇이나 되겠느냐'는 선생님의 질문에 은희는 머뭇거리고 만다. 그 장면을 보는 나 역시 머뭇거렸다.

　　휴대폰 연락처에 하나둘 쌓아두기 시작한 사람의 수는 어느새 천 명을 훌쩍 넘었다. 도중에 몇 번 휴대폰을 바꾸면서 꽤 많은 번호들이 사라졌음에도 그 정도다. 그중 서로 마음을 안다고 할 만한 사람은 몇이나 될까. 어릴 때는 더 많았던 것 같은데, 신기하게도 학년이 올라갈수록, 회사생활을 하면 할수록 예전만큼의 자신감이 없어진다.

　　죽마고우라 생각했던 친구들은 일 년에 한두 번 겨우 보면 다행이다. 하루에 열몇 시간씩 같이 프로젝트를 하고, 그것도 모자라 새벽까지 포장마차에서 소주잔을 기울이던 동료들은 이제 간간이 카톡창에서나 겨우 안부를 전한다.

　　아버지가 돌아가시기 일 년 전, 부모님 두 분의 휴대폰을 바꿔드렸다. 커플폰이었다. 그런데 새 휴대폰으로 아버지 주소록을 옮기다 그만 연락처를 모두 날려버렸다. 아버지는 손재주 없는 아들 덕분에 예전 수첩을 꺼내 사람들 이름과 전화번호를 다시 하나하나 휴대폰에 입력해야 했다.

그런데 수기로 옮긴 전화번호는 채 몇십 개가 되지 않았다. 수첩에 있던 적지 않은 수의 이름과 전화번호가 새 휴대폰에 입력되지 않았다. 휴대폰 주소록은 단출했다. 60년 넘게 살았고, 40년 넘게 회사생활을 했던 아버지의 마지막 주소록에 남은 것은 가족과 친지, 나도 알 만한 친한 벗 몇몇 분의 이름뿐이었다.

나중에 엄마가 해준 말에 따르면, 사람들로부터 연락이 점점 더 뜸해져 아버지는 슬퍼했단다. 그가 슬퍼했다. 연락이 오지 않아서. 이미 세상에 없는 사람이 되어가고 있어서. 나 아직 이렇게 살아있는데, 통 연락 없는 조용한 휴대폰만 물끄러미 바라보던 아버진 어떤 마음이었을까.

〈벌새〉에서 은희는 힘겨웠던 순간, 한 줌의 빛처럼 자기에게 쏟아져 내려온 선생님과 예상치 못한 방식으로 이별을 맞는다. 새벽녘 애도의 과정을 거치며, 은희는 한 뼘 더 성장한 채 친구들의 품으로 돌아간다. 좋은 이별이라 생각했다. 아마도 은희는 선생님이 남긴 편지를 오래도록 간직할 것이다. 불안한 시절,

유일하게 마음이 통했던 사람과의 좋은 기억을 안고서.

　　은희의 옆에 제 마음을 아는 사람의 숫자가 하나 하나 더 늘어가길 바란다. 가족이었으나 마음을 아는 사람은 아니었을 아버지와도, 오빠와도 화해했기를. 잠시 멀어졌으나 다시 친구가 된 지숙이와도 오래도록 좋은 친구로 남기를. 수학여행 버스 속에서 평생 주소록에 간직하고픈 새 친구들을 많이 사귀어 올 수 있기를.

보고 싶으면
전화를 하세요

***

　　연말연시에 동생네가 놀러와서 한동안 집이 부산했다. 순식간에 집안을 난장판으로 만드는 이 꼬마 녀석들을 어떻게 조용히 만들까 생각하던 중, 가만있자… 예년 같으면 TV에서 〈나 홀로 집에〉가 나올 타이밍인데?

　　"자 다들 동작 그만~ 이제 너희들이 살면서 한 번도 못 봤던 걸 틀어줄 거야. 재미있겠지?" 젊은 친구들을 겨우 구슬러서 온가족이 TV 앞에 나란히 앉아 이 고전영화를 보기 시작했다(물론 예전처럼 TV 편성표를 뒤적인 건 아니다).

30년 전에 처음 만난 케빈. 이제는 만으로 마흔 살에 접어드는 맥컬리 컬킨은 영화 속에서는 여전히 장난기 어린 여덟 살 어린이로 살아가고 있었다. 처음에는 자기들이 좋아하는 애니메이션이 아니라고 다소 시큰둥하던 아이들도 어느새 케빈의 천진난만한 모습에 반했는지 화면 속으로 정신없이 빠져들었다. 나 역시 오랜만에 〈나 홀로 집에〉를 정주행하니 덩달아 어린이로 돌아가는 기분이었다. 가만있자, 이걸 처음 본 게 언제였더라….

〈나 홀로 집에〉를 처음 본 건 초등학교 고학년 무렵이었다. 극장에 가서 제대로 관람한 첫 번째 외국 영화였다. 옆자리에는 아버지가 있었다. 어머니는 월화수목금금금 가게를 지켜야만 해서 주말에 아이들과 밖에 나가 놀아주는 일은 오롯이 아버지의 몫이었다.

멀티플렉스가 들어오기 전 있던 초라한 단관 극장이지만, 그래도 당시 대전의 핫플레이스였던 아카데미극장이나 신도극장에 가끔 갈 때가 있었다. 당시만 해도 극장 나들이가 흔한 이벤트는 아니어서 영화 보러 가는 날은 늘 흥분의 연속이었다(요새 아이들에게 유튜브를 보여주는 시간 반 년치를 아껴뒀다가 한 번에 틀어주면 비슷한 임팩트를 느낄지도 모르겠다).

단칸방에 살며 여유 없던 시절이지만, 아버지는 내게 〈우뢰매〉를 보여주러 신도극장에, 〈슈퍼 홍길동〉을 보여주러 시민회관에 함께 갔다. 볼거리가 많은 시절이 아니었으니 아마 아들이 보고 싶다고 엄청나게 징징댔을 게다. 아버지야 영 내키진 않았겠지만 아들이 보고 싶다니 따라나섰을 것이고.

사실 아버진 에스퍼맨보단 〈장군의 아들〉 속 김두한이 더 보고 싶었을 텐데. 가끔 아들과 〈헬로카봇 극장판〉 또는 〈뽀로로 극장판〉을 보러 가면 그 당시 아버지가 얼마나 힘들었을까 싶을 때가 있다. 취향에 안 맞는 영화를 억지로 보는 것처럼 고역이 또 있을까. 졸지나 않으면 다행이다.

〈나 홀로 집에〉도 아버지 손을 잡고 아카데미극장에 가서 봤던 영화다. 영화 속에서 나보다 어린 주인공이 험상궂은 도둑들을 때려잡는 걸 보며 주먹을 쥐고 굉장한 희열을 느꼈던 감각이 여전히 손에 남아 있다. 만화영화에도 어린 주인공들이 종종 나오긴 했지만, 〈나 홀로 집에〉는 실사영화라는 점에서 또 달랐다. 마치 미국에 가면 진짜 종횡무진 활약하는 내 또래 케빈을 만날 수 있을 것만 같았다.

아이를 둔 부모의 입장에서 〈나 홀로 집에〉를 다시 보니 전엔 미처 몰랐던 새로운 것들이 보이기 시작했다. 아마 아버진 나와 영화를 보는 내내 즐거웠을 것이다. 이 추정은 나름 합리적이라고 생각하는데, 이유는 30년 전에는 온종일 가게를 지키느라 이 영화의 존재조차 모르고 지나쳤던 어머니가 손자들과 같이 영화를 보는 내내 깔깔 웃었기 때문이다.

끊임없이 이어지는 슬랩스틱 코미디에는 역시 세대를 넘나드는 즐거움이 있다. 매년 이맘때 방송사에서 쉬지 않고 틀어주는 건 다 이유가 있을 것이다. 광고 매출을 올려줄 만한 정도의 시청률을 담보하는 검증된 콘텐츠라는 뜻이니까. 정신없이 웃는 어머니를 보며 그때의 아버지에게 조금은 덜 미안해해도 될 것 같았다.

케빈과 말리 할아버지와의 교회당 대화는 또 다른 느낌으로 다가왔다.

말리: 몇 년 전 일이야. 너희 가족이 이 동네로 이사오기 전에 아들이랑 다퉜단다.
케빈: 아들이 몇 살인데요?
말리: 어른이야. 이성을 잃고선 아들에게 더이상 널 안 봐도

상관없다고 말해버렸어. 아들도 똑같이 말했지. 그리고 그때 이후로 우린 서로 말 한마디 섞지 않은 채 살고 있단다.

케빈: 아들이 보고 싶으면, 전화하면 되잖아요?

말리: 전화했다가 안 받을까 두려워.

케빈: 그걸 어떻게 알아요?

말리: 모르지. 그냥 그럴 것만 같아.

케빈: 할아버지 화나게 하려는 건 아닌데요, 두려워하기엔 나이가 좀 많지 않으세요?

말리: 다른 건 익숙해질 수 있어도, 두려운 건 나이 먹어도 똑같아.

케빈: 맞아요. 난 항상 지하실이 두려웠어요. 어둡고, 이상한 물건들이 있고, 냄새도 나고… 그런 것 있잖아요. 절 몇 년간 힘들게 했죠.

말리: 지하실이란 게 원래 그렇지.

케빈: 그런데 빨래 때문에 제가 마음을 독하게 먹고 내려갔더니, 생각보다 나쁘지 않더라고요. 항상 무서워했는데, 막상 불을 켜니 별거 아니었어요.

말리: 요점이 뭐야?

케빈: 제 요점은, 아들한테 전화하시라고요.

말리: 만약 아들이 나랑 통화 안 하려고 하면?

케빈: 최소한 (아들 마음이 어떤지는) 아실 거 아니에요. 그럼 거기에 대해서는 그만 걱정할 수 있게 되는 거죠. 그리고 더이상 두려워하지 않을 수 있어요.

영화 속에 이런 대화가 있었는지 까맣게 잊고 있던 걸 보면, 어린 내게는 크게 와닿지 않았던 장면이었지 싶다. 30년이 지나는 동안 이런저런 삶의 경험치가 쌓였는지 유독 저 대화가 마음속에 들어왔다.

보고 싶은 사람이 있으면, 전화를 거는 게 맞다.
두려워만 하다가는 그럴 기회조차 영영 사라질 수 있음을
이제는 너무 잘 안다.

이듬해 나온 〈나 홀로 집에 2〉는 친한 친구와 둘이 가서 봤다. 부모와 동행하지 않고 친구와 극장 문을 열어젖히면서 나 스스로 한 뼘 성장한 것 같은, 인생의 한 단계를 넘어선 것 같은 느낌을 받았다. 그땐 보호자 없이 나 혼자 뭔가를 할 수 있다는 게

마냥 좋았는데, 그것이 '아빠와 함께 영화 보기'라는 유년기의 추억이 사라지는 시작점이 된다는 것은 미처 몰랐다.

찾아보니 〈나 홀로 집에〉를 봤던 아카데미극장은 1960년대 초에 생겼고, 2016년을 마지막으로 문을 닫았다고 한다. 묘하게 아버지의 생애주기와 겹친다. 한 시대라는 게 이렇게 속절없이 흘러간다.

아이들이 품을 떠나가기 전에 추억을 많이 쌓아야겠다는 생각을 해본다. 극장도 자주 가고, 오래된 영화도 같이 종종 보고. 그렇게 함께. 두려워하지 말고.

손때 묻은
작업노트

***

새해를 맞았다. 다이어리를 쓸 시간이다. 스타벅스 다이어리를 개봉해서 맨 앞 장에 이름을 쓰고 연락처를 적는다. 새해를 맞는 나만의 소소한 의식이다. 수 년째 다이어리를 들고 다니며 그때그때 생각나는 것들, 잊기 쉬운 것들을 적어 내려가는 것이 어느덧 습관이 되었다.

에버노트, 노션 등 스마트폰과 실시간 동기화되어 어디서나 꺼내볼 수 있는 다양한 메모 앱들이 있지만, 올해도 다이어리 쓰는 일을 멈추지 않을 것 같다. 손으로 한 자 한 자 써내려가는 행위를 아직은 포기하지 못하고 있다. 사춘기 때와 마찬가지로 글씨는 여전히 젬병이지만.

아버지는 컴맹이었다. 평생 자판이 아닌 펜으로 글씨를 썼다. 간판 제작이 모두 인쇄물로 대체된 지 한참 지난 2000년대까지도 컴퓨터는 아버지에겐 낯선 도구였다. 늘 입만 열면 '컴퓨터를 배워야 하는데'라고 말했지만 결국 컴퓨터를 배우진 못했다. 유려한 글씨체로 한때 대전 바닥을 주름잡았던 아버지는 내심 당신의 능력을 대체해버린 기계가 꽤나 미웠을지도 모르겠다.

기술을 쓸 곳을 잃고 관리자로서 커리어의 후반부를 보내던 아버지가 늘 지니고 다녔던 것은 노트북 컴퓨터가 아닌 문자 그대로의 노트북, 작업노트였다. 늘 페인트 묻은 작업복 잠바 차림으로 퇴근길 현관문을 열 때, 아버지는 투박한 노트를 한쪽 팔에 끼고 들어왔다. 요즘처럼 추운 겨울날, 노트를 감싼 가죽의 차가운 감촉이 기억난다.

특별한 노트는 아니었다. 요즘의 맵시 있는 다이어리와는 큰 차이가 있었다. 매해 조금씩 달라지긴 했지만, 보통 회사에서 지급한 업무수첩이나 가끔은 보험사나 협력업체로부터 받은 비슷한 형태의 다이어리들이었다. 아버지의 표현을 끌어오자면 '멋대가리 하나 없는' 그저 그런 공책들.

돌아가시고 나서 유품을 정리할 때, 손때 묻은 아버지의 작업노트가 몇 권 나왔다. 옛날이나 지금이나 볼품없는 것은 매한가지지만, 달라진 것은 이 노트들이 이제 아버지의 글씨를 품고 있는 몇 안 되는 물건이라는 것이다. 다시는 쓰여질 수 없는 글씨를 담은.

노트에는 내용만 보고는 이해하기 쉽지 않은 업무 메모들이 적혀 있었다. 그 시절 다이어리 뒤쪽에 으레 있었던 전화번호부 란에는 회사 거래처를 비롯한 각종 전화번호들이 빼곡했다. 스마트폰을 사용하기 시작한 이후였는데도 아버지는 전화번호부 정리하는 일에 꽤나 열심이었다. 한때 미련하다 생각했지만, 어른의 감각은 틀리지 않는다. 아버지는 아들이 생전에 마지막으로 휴대폰을 바꿔주면서 이전 휴대폰에 저장되어 있던 전화번호를 깡그리 날려먹을 것을 미리 알고 백업을 준비해두고 있던 것이다. 물론 오프라인 방식으로.

기억은 점점 농도가 옅어진다. 흩어져가는 기억을 다시금 불러일으키는 것은 사진, 영상, 그리고 떠난 이가 남긴 물건이다. 그중에서도 나는 글씨에 유독 애착이 간다. 한 자 한 자 종이에 박혀 있는 글씨는 능동적인 기억이다. 다른 사람이 찍어준 사진이나 영상과는 또 다른, 망자가 스스로 남긴 기록이다.

그런 면에서 아버지가 남긴 글씨가 얼마 남아 있지 않은 것이 아쉽기만 하다. 수십 년간 일터에서 고투한 대가로 벌어온 돈은 모두 자식들의 피와 살로 바뀐 지 오래고, 한때 아버지가 세상에 존재했음을 온전히 기억해주는 것은 다이어리 귀퉁이에 끄적인 글씨 몇 자뿐이다.

하지만 불행 중 다행이라고, 이 수첩이 남아 있어 나는 글씨를 쓰던 순간의 아버지를 만난다.

그 속에는 바삐 일하던 노동자의 모습도 있고,

첫 손주의 이름을 짓느라 고심하는

초보 할아버지의 모습도 있다.

정리의 여왕 곤도 마리에는 '설레지 않으면 버리라'고 한다. 다섯 식구가 복닥복닥 사느라 집은 난장판이 되기 일쑤여서 정리하느라 항상 골치가 아프지만, 아버지의 물건들과 이별하기에는 아직 이른 것 같다. 자주는 아니지만 가끔 꺼내보고 싶은 때가 있으니까. 곤도 마리에 식으로 말하자면 이 글씨들은 아버지와 만나는 마법의 통로 같은, 영혼을 가진 존재일 수도 있으니까.

나와는 비교할 수도 없을 정도로 글씨를 잘 썼던 아버지. 좀 더 오래 사셨다면 요새 힙지로에서 유행하는 레트로한 스타일의 간판을 만들어 인스타 피드를 도배할 수도 있었을 텐데!

이런 혼자만의 생각을 해보는 어느 겨울날 오후.

찰나의
만남

*
*
*

설이 코앞이다. 연휴 첫날 새벽같이 일어나 봉안당에 들렀다가 처가로 향할 예정이다. 지난 이 년간 세 번의 명절을 겪으며 나름 최적화시킨 코스로 길을 나설 것이다. 마치 아주 오래전부터 그래왔던 것마냥.

친척 어른들과 만나기로 한 시간에 닿으려면 일찍 일어나야 한다. 애들이 명절이라고 갑자기 협조를 잘해주지는 않기 때문에, 채비해서 나가려면 평소보다 더 부지런히 움직여야 약속한 시간에 맞춰 봉안당에 닿을 수 있다.

또 지각해서 삼촌들에게 눈총받지 말라는 말씀을 하고 싶었던 건지, 꿈에 아버지가 나왔다. 정말 오랜만에 보는, 생기 있는 얼굴. 항암치료를 받던 시절의 모습이 아니었다. 조금은 장발에 가까운 희끗한 머리가 바람에 날리고 있었다. 많아야 쉰 전후의 모습일까. 편의점인지 포장마차인지 모를 플라스틱 테이블에 걸터앉아 나와 이야기를 나누고 있었다. 특유의 추임새를 넣어 이야기하는 걸 보니, 우리 아버지가 맞다.

이야기 나누던 곳은 아버지와 마지막으로 여행한 제주 어딘가인 것 같긴 한데, 글을 쓰는 지금은 잘 모르겠다. 당신이 심각하게 고민하며 풀어놓던 문제도 이젠 정확히 뭔지 기억이 안 난다. 꿈이라는 게 깨고 나면 금세 흐려지기 마련이니. 아마도 아버지의 문제라기보다는 지금 내가 고민하고 있는 문제들의 발현이었으리라.

그런데 대화 내내 잠자코 있던 내가 마지막에 내뱉은 말만은 또렷이 남아 있다.

"아빠, 오래오래 사실 거예요.
정말 다행이에요. 미리 저한테 털어놓으셔서."

그 말을 듣고 아버지는 싱긋 웃었다. 나도 함께 웃었다. 너무 좋았다. 나, 아버지랑 꽤나 오래 이렇게 지낼 수 있겠구나. 이게 현실이어서 너무 다행이구나. 내가 그동안 긴 꿈을 꾸고 있었구나.

그렇게 생각하는 찰나에 잠에서 깼다. 새벽녘 집은 어둑했고, 고요했다. 다시 현실을 마주했다. 다 적응했다고 생각했지만 여전히 마음속 깊은 곳까지 그렇진 않다는 것을 깨닫게 해주는 꿈. 찰나였지만, 그래도 좋다. 생기 있는 아버지 모습을 이렇게라도 만날 수 있어서. 아버지는 누군가의 얼굴을 볼 수 있다는 게 얼마나 큰 축복인지를 다시금 알려주었다.

더 잠을 청하긴 글렀고, 음악을 들으며 동이 트길 기다렸다. 아침이 되면, 아이들의 아버지로서 열심히 운전해서 내려가야지. 휴게소에서 타요 자동차도 태워주고, 같이 공룡 뽑기도 할 수 있도록 천 원짜리도 미리 몇 장 준비해둬야겠다.

아버지의
파란 마스크

*
*
*

    삶은 늘 예상과 다른 쪽으로 흘러간다. 커피 한잔 내려서 책상에 앉아 차분히 글을 쓰며 보내는 육아휴직…은 역시 망상에 가까웠다. 휴직계를 내자마자 둘째 어린이집이 한 달간 공사에 들어갔다. 기나긴 한 달이 겨우 끝나갈 즈음에는 코로나19가 한반도에 본격적으로 상륙했다. '사회적 거리두기'라는 신조어와 함께 바깥나들이도 자연히 줄었다. 즉, 아이들과 집에서 보내는 시간이 예상보다 더 늘었다는 이야기.

    온라인 쇼핑몰에서 마스크 구하기가 점점 어려워지더니, 사람들이 약국 앞에 긴 줄을 서기 시작했다. 급기야는 약국의 마스크 재고 현황을 실시간으로 알려주는 앱도 나왔다. 코로나19 사태가 한 달가량 이어지면서 전에 사두었던 마스크 개수가 점점 줄어들었다. 삼 대가 모여 살다 보니, 매주 소비하는 마스크 수량도 적지 않았다.

마스크 5부제 시행이 확정된 주말 저녁, 아내와 나는 각자 어느 요일에 가서 우리와 아이들 마스크를 사와야 하는지 알아보고 있었다. 우리 둘이 이야기하고 있던 걸 가만히 듣고 있던 어머니는 "잠시만" 하시곤 서랍장에서 뭘 주섬주섬 꺼내서 가지고 나왔다.

파란 마스크 한 뭉치였다. 이 정도면 한 달은 더 버틸 수 있을 것이었다. "이게 어디서 나셨대요?"라고 하려는 찰나, 머릿속으로 한 장면이 스쳐지나갔다. 항암치료를 받고 나면 늘 한 꺼풀 더 약해지곤 했던 아버지. 아버지는 병원을 나올 때 늘 파란 마스크를 썼다. 그 마스크였다. 돌아가시고 나서도 마스크 한 뭉치가 집안 어디에 남아 있다 다시 세상으로 나온 것이었다.

아버지가 남긴 마지막 선물
못다 쓰고 간 마스크들.

마스크를 보는 순간, 적어도 아이들 씌울 마스크 여분이 생겼다는 생각에 안도감이 먼저 들었다. 남기지 말고 다 쓸 때까지 좀 더 살다 가셨으면 얼마나 더 좋았을까 하는 생각은 그다음이었다. 이래서, 자식 낳아봐야 아무 소용없다는 말을 하는 것일 게다.

아버지가 미리 알고 마스크를 아껴 썼을 리야 없지만, 파란 마스크 한 뭉치가 발견된 후 집안에는 다시 평온이 감돌기 시작했다. 파란 마스크를 다 쓸 때까지는 공적 마스크를 사러 가지 않을 생각이다. 우리보다 더 마스크가 긴급한 사람들이 있을 테니. 어린이용은 아니지만, 적당히 맞춰 쓰면 되지 않을까 싶다.

불현듯 오 년 전 생각이 났다. 당신도 항암치료 중이라 몸이 성치 않은데, 손자가 배가 아프다니 둘러업고 정신없이 응급실로 달려가던 아버지 모습. 그때는 메르스가 한창 유행하던 시기였다. 아버지가 다니던 종합병원도 메르스 확진 환자가 다녀가서 사람들이 불안해했다. 그런 것은 아랑곳하지 않고 응급실 문을 열어제끼던 아버지가 이번엔 손주들을 위해 마스크를 선물한 것이다.

수현이가 눈은 안 오지만 자고 일어나면 산타가 머리맡에 선물을 놓고 갔으면 좋겠단다. 둘째는 엄마 티셔츠를 머리에 감더니 갑자기 '나 산타 같지?' 하며 산타 놀이를 한다. 왜 갑자기 때아닌 산타 타령인가 했는데, 아이들은 느끼고 있던 걸까. 지난주에 할아버지 산타가 자기들 몰래 조용히 다녀갔다는 것을. 큰애가 요새 꽂혀 있는 스타크로스 장난감이나 둘째가 좋아하는 엘사 드레스는 아니지만, 그것보다 더 소중한 걸 몰래 남겨놓고 갔다는 것을.

　수현이가 갑자기 또 배가 아프단다. 얼른 데리고 병원에 가야겠다. 이 녀석, 꾀병은 아니겠지?

그리고, 봄

학부모가
되던 날

***

특별한 날이기 때문인지 입학식과 관련한 소소한 기억들이 꽤나 많이 남아 있는 편이다. 입학하던 날 아침의 날씨, 교실에 처음 발 디뎠을 때 삐걱이던 마룻바닥, 운동장의 흙내음….

(지금은 초등학교로 명칭이 바뀐) 국민학교에 입학하던 날, 바쁜 부모님 대신 할아버지 손을 붙잡고 갔다. 은회색 양복을 차려 입고 담임 선생님에게 손주를 점잖게 부탁하던 머리 희끗한 할아버지의 모습이 아직도 선하다.

아버지는 할아버지처럼 말쑥한 모습의 기억이 별로 없다. 평소에도 깔끔한 옷차림은 아니었지만, 고등학교 입학식 날은 평소보다 더 후줄근한 운동복 차림이었다. 그래도 추레한 모습으로 웃던 아버지의 그날 모습이 영 잊히지 않는다.

고등학교 입학식을 마치고 집에 돌아오니 아버지가 나를 기다리고 있었다. 같은 재단의 학교로 진학했던지라 새 교복이라고 해봤자 바지 색깔만 회색에서 감청색으로 바뀌었을 뿐인데도 아버지는 뭣이 그리 좋은지 교복을 이리저리 만져보며 신이 나 있었다. 키가 더 클 것을 예상하고 조금 넉넉하게 지은 교복이라 꽤나 어색해 보였을텐데도 계속 싱글벙글이었다. 이리 보고 저리 보고 하는 것이 어른보다 아이에 가까웠다고 해야 할까. 나중에 대학에 입학했을 때도, 취업을 했을 때도 그날만큼 흐뭇한 표정은 아니었던 것 같다.

묘한 느낌은 생각보다 잘 사라지지 않는다. 마음속 깊이 숨어 있다가 어느 날 불쑥 튀어나온다. 아버지가 그날 왜 그렇게 기뻐했는지 이해한 것은 한참이나 시간이 지나서였다.

지금도 그런지는 모르겠으나 예전 생활기록부에는 부모 직업과 학력을 적는 란이 있었다. 어릴 때는 어머니가 일러준 대로 학력란에 아버지는 고졸, 어머니는 중졸이라고 적었다. 부모가 자식에게 학력사기(?)를 칠 수도 있다는 생각을 하기에는 너무 어렸다. 고등학교를 졸업할 무렵이 되어서야 두 분이 그동안 본인들의 학력을 한 단계씩 부풀려 자식들에게 이야기했다는 것을 알았다. 아버지 인생길에 고등학교 교복은 존재하지 않았던 것이다.

아버지가 돌아가신 후 서류를 떼러 동주민센터에 갔는데 '초중고 학교생활기록부 발급 가능'이라는 문구가 눈에 들어왔다. 접수창구에 물어보니 가족들의 오래전 생활기록부도 뗄 수 있다는 설명을 들었다. 호기심에 떼어본 아버지의 오래된 생활기록부 사본에는 아주 짧은 기록들만 남아 있었지만, 이 서류의 주인이 한때 꿈 많던 십 대 소년이었음을 증명하는 데는 부족함이 없었다.

생활기록부 진로란에는 고등학교가 아니라
처음 들어보는 공장 이름이 적혀 있었다.

학부모가 되던 날

꿈처럼 어슴푸레하던 사실이 실제 존재했던 사건임을 명확하게 증명하는 문자들과 마주하면 이전과는 사뭇 다른 느낌이 든다. 표정 없는 서류 속에서 나는 친구들과 같이 상급 학교로 진학하지 못하고 공장에 취직해서 가족을 부양해야 했던, 성적은 썩 뛰어나지 않지만 그림 그리기는 누구보다 좋아했던 열여섯 살 나이의 소년을 만난다. 동시에 생활기록부에 잉크가 마른 날로부터 약 30년 뒤 어느새 고등학생이 된 아들의 교복을 보며 울다 웃다 하는, 지금 내 나이와 비슷했을 아버지의 모습을 같이 떠올린다. 고등학교 입학식 날의 아버지 얼굴이 이상하게 오래도록 가슴 속에 남아 있던 것은 다 그럴 만한 이유가 있었던 것이다.

시간이 빠르다. 벚꽃도 개나리도 진달래도 어느새 모두 사라지고 길가엔 철쭉이 한창이다. 오 월을 코앞에 두고 가족들이 둘러앉아 첫애의 온라인 입학식 영상을 봤다. 올해 학교에 입학하는 친구들은 코로나 세대로 불리는 것이 아닐까. 이 아이들은 어쩌면 인생에서 가장 중요한 기억 중 하나인 입학식 날의 풍경을 마스크로만 기억하는 건 아닐까 하고 지레 걱정이 되었다.

온라인으로나마 입학식을 치르고 이제 어엿한 초등학교 1

학년이 된 아들의 뒷모습을 흐뭇하게 바라보지만, 입학식 사진을 찍어주지 못한 것이 못내 아쉽기만 하다. 물론 찍어준다고 해도 이제는 귀찮다 손사래를 치겠지만.

이렇게 조금씩 조금씩 자라다가 어느 순간 십 대가 되고, 교복을 입고, 그런 순간들이 벼락같이 오겠지. 그 새싹처럼 충만한 시간들을 수현이가 좋은 추억으로 잘 품을 수 있기를 바란다. 손주라면 죽고 못살던 할아버지가 비록 입학식엔 함께하지 못했지만, 그래도 하늘에서 대견한 눈으로 바라보고 있으실 게다.

수현이도 어느 순간이 되면, 매일 자기가 좋아하는 게임 못하게 하는 나쁜 아빠를 조금은 더 이해해줄 수 있을 것이라는 희망도 슬쩍 가져 본다. 연필 몇 자루 깎아주며 갖는 바람치고는 너무 큰 것이려나?

내 영혼의
'닭-도리탕'

*
*
*

수현이가 너무 가벼워 걱정이다. 코로나를 뚫고 초등학교에 입학은 했으나, 늦은 생일 탓인지 또래에 비해 가냘프다. 등굣길에 인사하는 다른 친구들을 힐끗 보니… 우람하다. 돌아오는 길에 초등학교 1학년 평균 몸무게를 검색해보니 25킬로그램이란다. 중간을 바라는 건 언감생심이다. 반에서 제일 가벼우면 어쩌나.

식사시간이면 밥 먹이는 게 일이다. 분명히 내 자식인데 밥 먹는 것을 이렇게 싫어하다니, 믿을 수 없다. 앉아서 두 그릇은

뚝딱 비울 수 있는 영혼의 음식, 소울푸드가 아직 없어서 그런 것일까?

반세기 요리 경력을 자랑하는 아버지의 레시피 중에서도 내가 가장 좋아하던 것은 '닭-도리탕'이었다. 매일 심심한 반찬들만 식탁 위에 내놓았던 어머니와는 다르게 아버지는 맵고 자극적인 음식을 종종 만들어주곤 했다. 닭-도리탕은 그 정점에 있었다. 요샛말로 하면 '단짠단짠'의 극치였다고 해야 할까.

아버지는 요리에 나름 일가견이 있었다. 어찌 보면 자연스럽다. 35년 결혼생활 내내 맞벌이를 하지 않으면 살아가기 어려운 신세였으니. 어머니가 가게를 접고 스무 해 가까이 다니던 일터는 야간 잔업이 많았고, 아버지가 밥을 하는 날이 많았다. 중학교 졸업 이후 줄곧 자취 생활을 하던 젊은 날의 이력도 한몫했으리라.

아버지가 닭-도리탕을 하는 날, 방에 앉아 있다 보면 문틈으로 닭-도리탕의 매콤한 냄새가 슬슬 유혹해오기 시작한다. 더이상 참을 수 없게 되었다 싶을 즈음이면 아버지는 "닭-도리탕다 됐다!"하며 동생과 나를 식탁으로 불러 모은다. 국어 문법 시간에 긴 말 짧은 말을 배웠는데, '닭'도 장음이 적용되는가를 고민하게 할 만큼 아버지의 닭-도리탕은 독특한 리듬을 띄고 있었다. 이 단어를 생각하면 지금도 파블로프의 조건반사처럼 군침이 돈다.

요즈음은 닭볶음탕이라고 고쳐 부르곤 하는, 그 시절 아버지의 닭-도리탕은 사실 탕이라기보다는 조림에 가까웠다. 국물이 자작하고 꽤나 걸쭉했다. 조금만 더 끓이면 강된장처럼 되어 비벼 먹기 딱 좋았다. 이 요리에 대한 당신의 자부심은 나름 대단해서 닭-도리탕에는 반드시 토종닭을 써야 했다. 좋은 닭을 쓴 아버지의 노력에도 불구하고 나는 흰 감자를 으깨고 그 위에 빨간 국물을 휘휘 끼얹어 먹는 걸 더 좋아했지만.

아버지는 나중에 자의 반 타의 반 회사를 그만두고 나서도, 새벽같이 인력시장에 나가 하루치 일당을 받으면 토종닭을 사 오곤 했다. 자식들이 나이를 먹으면서 서로 데면데면해졌지만, '닭-도리탕 다 됐다!'는 소리 다음엔 식탁 위에 따스하게 온기가 피어났다. 내색은 안 했지만 땀 흘리며 같이 닭-도리탕을 먹고 나면 사랑받고 있다는 기분이 들곤 했다. 닭다리는 자식 그릇에 넣어주고 남은 국물에 밥 비벼서 당신의 그릇을 비우던 아버지는 그때 무슨 마음이었을까.

닭-도리탕은 아버지와 함께 사라졌다.

남은 것은 2020년대의 닭볶음탕뿐이다. 원체 좋아하는 음식이기에 집에서 곧잘 해먹지만, 닭-도리탕의 맛을 재현하는 건 불가능하다. 엄마표 닭볶음탕은 아예 다른 요리다. 그러고 보면 아버지는 생전에도 강한 어조로 백종원처럼 모질게 평을 내리곤 했다.

"그렇게 국물이 흥건하면 그건 닭-도리탕이 아녀. 국이지."

아쉬운 건, 아직까지 수현이는 내가 만들어주는 음식에 도무지 매력을 못 느낀다는 점이다. 저녁상을 물리고 나서 '아빠가 이때까지 해준 음식 중 가장 맛있는 게 뭐냐'고 진지하게 물어보니 수현이가 답했다.

"… 콘플레이크."

차라리 물어보지 말 걸 그랬다.

아직 영양실조까진 아니니 참고 기다려봐야지. 라면과 떡볶이도 순하게 만들어주면 조금씩 먹기 시작했으니, 언젠가는 닭볶음탕도 같이 먹을 수 있을지도 몰라. 그렇게 다양한 음식을 먹다 보면 아이도 언젠가 자기만의 소울푸드를 찾겠지.

소울푸드라는 말은 미국 남부 아프리카계 미국인들이 먹던 전통 음식을 통칭하는 말에서 유래했다고 한다. 우리가 자주 먹는 프라이드 치킨도 포함된단다. 치킨이 지금까지 얼마나 많은 사람들을 구원했던가를 생각하며, 수현이가 콘플레이크 말고 다른 인생 음식을 찾아내길 바라본다. 꼭 아빠가 만든 것이 아니어도 되니, 조금이나마 더 영양 많은 음식에 인연이 닿기를.

그의 바둑,
나의 바둑

*
*
*

수현이가 바둑을 배우기 시작했다. 동네 친구들이 하나둘씩 다니는 것을 보고 흥미를 갖기 시작하더니, 결국 지난달부터 초급반을 등록했다. 긍정적인 또래 압박(peer pressure)이란 얼마나 위대한가! 그러고 보면 귀찮다는 이유로 헬스장 등록을 수 년째 미루고 있는 아빠보다 훨씬 낫다.

그런데 뭔가 좀 이상하다. 집에 와서 하는 말이 "아빠 나 오늘 1권 다 풀었다!"란다. 응? 뭐라고? 알고 보니 21세기의 어린이 바둑 교육은 여전히 1980년대에 머물러 있는 내 관념을 한

참 넘어선 형태로 진행되고 있었다. 시중에는 아이들의 눈높이에 맞춘 수십 권짜리 바둑 교재가 시리즈로 나와 있고, 주말 동네 문화센터 수업은 이 교재를 푸는 데 방점이 맞춰져 있다. 선생님이 기본 개념들을 만화가 곁들여진 교재로 먼저 설명하고, 뒤에 달려 있는 문제들을 풀면서 연습한 후에 아이들이 비로소 바둑돌을 집는 것이다.

아이들은 바둑을 두는 자체보다는 옆 친구의 진도에 더 관심이 많다. "A는 아직 1권 푸는데 나는 벌써 2권이야! 초등학교 다니는 B형은 7권 푸는데 나는 벌써 3권이야!" 이런 식인데, 그러고 보면 태권도장에서 '나는 파란 띠네, 너는 초록띠네' 하며 띠 색깔로 서로 아웅다웅하는 것과 다를 바 없다. 정색하고 보면 뭐 이런 유치한 것들이 있나 싶은데, 이들이 아직 유치원생이라는 사실을 깨닫고 나는 그만 머쓱해졌다.

'흥, 그래도 문제집만 풀면서 바둑을 배운다고 할 수 없지!'라는 지극히 기성세대다운 생각으로 작은 바둑판 하나를 주문했다. 바둑판을 (게다가 뒤집으면 장기도 둘 수 있는) 선물받은 수현이는 마냥 신이 났다. 연필로 문제집에 까만 동그라미를 쳐가며 페이지를 넘기는 것도 재미지만, 흑돌로 백돌을 주르륵 감싸서 따먹는 쾌감도 그에 못지않은 듯, 날마다 바둑을 두자고 아빠를,

엄마를, 할머니를 괴롭히고 있다. 물론 제가 조금만 불리하면 판을 뒤엎는 파격(!)도 매일같이 시전 중이다.

조금 일찍 퇴근해서 아직 수현이가 깨어 있을 땐 거의 매일 바둑과 (그새 배운) 장기를 같이 두는데, 문득 할아버지와 아버지 생각이 났다. 지금 이렇게 아들과 함께 바둑과 장기를 둘 수 있는 건 내가 아들과 비슷한 나이였을 무렵 매일같이 손자와 바둑과 장기를 두고, 때론 화투도 치셨던 할아버지 덕이다. 할아버지에게 매일 판판이 깨지며 배웠던 테크트리(?)가 몸속 DNA에 새겨져 있다가 30여 년이 지난 지금 할아버지의 증손자에게 대갚음해주고 있는 셈이다.

묘한 것은 아버지와 바둑을 둬 본 기억이 없다는 것. 그 시절을 돌이켜보면 대개 시골 마루에서 바둑판과 장기판을 놓고 매일같이 풀벌레 소리 들으며 할아버지와 딱 딱 소리 내며 대국하던 기억뿐이다. 맞은편에 아버지가 앉아 있던 적이 있었던가. 기억을 더듬어봐도 전혀 떠오르지 않는다. 아마도 바둑이나 장기를 두고 앉아 있을 만큼 한가했던 유년시절의 내 맞상대는 역시 (농한기에는) 한량에 가까웠던 할아버지뿐이기 때문이었을까.

어릴 적 기억 속을 유영하다 보면 할머니도, 아버지도, 어머니도 모두 각자의 일터에서 바삐 손을 놀리는 모습만 보인다. 수박을 쪼개 먹고 부채를 부치며 바둑을 두던 평화로운 광경 속 상대방은 오로지 할아버지뿐이다. 여름 내내 섰다 훈련을 끝내면 겨울에는 진짜 (비닐) 하우스에 가서 할아버지의 섰다판을 구경하기도 했다.

아버지의 바둑은 엉뚱한 데서 기억이 이어진다. 아버지는 바둑을 못 두지 않았다. 심지어 좋아했다. 유년기를 한참 지난 중고생 때 자다 일어나 방문을 열고 거실에 나가보면, 아버지는 TV를 켜고 따분해 보이기 그지없는 바둑 방송을 보고 있곤 했다. 세상에 바둑 방송이라니…. 그때는 이해 못했다.

화면이 온통 흑백의 점으로 도배된 바둑 방송을 보며 중년의 아버지는 무슨 생각을 하고 있었을까. 인생이라는 돌이킬 수 없는 한 판에서 지금까지 본인이 지은 집이 몇 집이나 되는지 세고 있었을까. 그때 본인의 판세가 중반을 한참 넘어 이미 후반부로 넘어가고 있다는 사실은 알고 있었을까. 아픈 부모와 아직 장성하지 못한 자식들을 보며 인생의 활로는 대체 어디에 있을까 고민하고 있었을까.

　살아계셨다면 수현이와 매일같이 바둑을, 장기를 두는 맞은편에는 내가 아닌 아버지가 앉아 있었을 것이다. 나는 수현이의 맞은편에 내 아버지가 앉아 있음에 안심하고 일터로 나갔을 것이다. 그런 점에서 난 유년시절에 할아버지라는 소중한 선물을 담뿍 받은 셈이다.

　수현이는 아쉽게도 나처럼 인생의 보너스 없이 본인의 판을 시작하고 있다. 아들이 매번 본인이 불리한 판을 뒤엎더라도, 가만히 가슴속 열불을 다스리고 다시 바둑을 두어야겠다. 수현이 인생의 밑바탕이 될 어린 시절 기억 속에 한 번이라도 더 머리를 들이밀고, 함께 놀아주는 아빠로 내 모습을 새기고자 애써야겠다.

　마감은 보고서에만 있는 게 아니고,
　우리 집 아이들 방 문턱에도 있다.

　아이들은 커가며 집을 떠나려 준비한다. 인간이기 전 생물이기에, 부모의 품을 떠나 작게나마 본인의 안식처를 찾으려 애쓴다. 그래야만 자신의 인생을 시작할 수 있다는 것을 본능적으로 아는 시기를 사춘기라고 부르는 게 아닐까. 그리하여 우리가 어린 시절에 저장하는 기억의 두께는 떠난 후보다 몇 배는 농축되어 이후의 삶을 작동시키는 원료로 작용하는 게 아닌가 싶기도 하다.

그나마 수현이에게 바둑만 가르쳐서 다행이다. 고스톱이나 섰다는 같이 안 해도 되겠지?

봄꽃
엔딩

*
*
*

봄이다. 길을 가다 흩날리는 벚꽃비를 맞고 마냥 즐거워할 수 있는, '벚꽃엔딩'을 음원 차트에서 다시 만날 수 있는 계절.

친척 모임에 참석하러 어머니와 함께 차를 타고 길을 나섰다. 꽉 막힌 서부간선도로를 타고 서울을 벗어나는 길이 살짝 고역이긴 했지만, 초록빛으로 물든 산 위 곳곳에 쓱쓱 물감 칠한 듯 피어 있는 개나리와 진달래, 들판을 수놓은 배꽃과 복숭아꽃들을 눈에 담을 수 있어 즐거운 드라이브였다.

누구라도 빙그레 웃음 지을 수밖에 없는 사진을 고른다면, 아마 아기가 방긋 웃는 모습과 지천에 꽃이 활짝 피어 있는 전경 두 가지가 가장 정답에 가깝지 않을까. 이런 생각을 하며 운전대를 잡은 내내 콧노래를 불렀다.

따스한 봄날, 팔자 좋게 꽃구경을 겸해 운전을 하다 보니 문득 그날이 떠올랐다. 기억은 시간이 흐르면서 계속 뭉뚱그려지는지라 이젠 고등학생 땐지 대학생 땐지도 확실치 않다. 나른한 봄이었고, 그날도 이번 주말처럼 따스했다는 것뿐.

온 가족이 아버지가 운전하는 차를 타고 할머니 댁에 가고 있었다. 봄이었으니 아마 할머니 혼자 밭일하느라 고생하신다고 일손 도우러 가는 길이었을 것이다. 그날도 봄꽃이 길가에 흐드러지게 피어 있었다. 개나리와 진달래가 곱디고운 색깔을 뽐내고 있었는데, 그때 꽃들의 유혹에 넘어간 건 운전하던 아버지뿐이었던 것 같다. 뒷좌석에 앉아 있던 나는 "이야~ 기가 맥힌다! 저 꽃들 좀 봐라!"라는 아버지의 감탄사를 듣고서야 비로소 고개를 왼쪽으로 돌려 산과 들을, 꽃을 바라보았다.

'뭐 진달래네…' 하고 여느 사내자식처럼 영혼 없는 반응을 하던 즈음, '쿵!' 하고 한순간 몸이 앞으로 확 쏠렸다. 살면서 처음 겪은 추돌사고. 진달래꽃에 꽂힌 아버지가 그만 너무 길게 한눈을 팔았던 것.

큰 사고는 아니었으나 앞차와 그 앞차까지 연달아 박은 삼중 추돌이었고, 누가 봐도 백 퍼센트 아버지의 과실이었다. 처음 겪는 사고라 당황했지만 어쨌든 가장으로서 가족들 앞에서 사고를 빨리 수습하려 진땀 빼는 아버지, 수리비와 보험료를 걱정하며 옆에서 속상해하고 있는 어머니, 차를 세워둔 길 한편에서 얼마나 기다려야 이곳을 벗어날 수 있을지 그저 툴툴대고 있던 내 모습이 기억에 사진처럼 남아 있다.

그러고 보면 아버지는 봄꽃과
참 잘 어울리는 사람이었다.

살면서 한 번도 주목받는 자리에 있던 적 없지만, 때가 되면 늘 자기 자리에서 예쁘게 피어나던 사람. 그래서 바라보는 사람으로 하여금 기분이 좋아지게 만들던 사람(술 취했을 때 어머니 마음은 그만큼은 아니었겠으나). 이름 없는 봄꽃의 자태가 마냥 고와서

봄꽃 엔딩

였나, 아니면 봄꽃이 자신을 닮아서 감탄사를 연발하며 오래도록 눈을 떼지 못하신 건가. 살아계실 땐 가족들 앞에서 '꽃구경하다 황천길 갈 뻔했지!' 하며 당신의 산만한 주의력을 탓하며 꺼내 드는 이야깃거리였는데, 이젠 먼저 황천 가신 아버지의 천진난만했던 모습을 보여주는 일화로 매해 봄마다 되새길 것 같다.

길가의 벚꽃잎도 슬슬 떨어져가고, 그 사이로 초록 잎새들이 돋아나고 있다. 이렇게 봄이 지나 새로운 계절이 오고, 한동안 잊고 있다가 또 '벚꽃엔딩'이 들리고 벚꽃잎이 흩날리는 때가 오면 나는 다시 그날의 자동차 사고와 그날 본 개나리와 진달래를 떠올리겠지?

매해 새로이 피어나는 봄꽃들을 마주하면, 난 꽃보다 아름다웠던 사람을 추억하고 있을 터다.

벚꽃비
내리는 날

***

여의도 벚꽃축제가 취소되었다. 석촌호수에 발도 들이지 말라는 긴급 알림 문자가 징징 울렸다. 학교 개학이 두 달 늦어지는 것도 모자라 온라인으로 개학을 하는 판국이니, 벚꽃구경은 사치가 되었다.

그래도 길을 걷다 마주치는 벚꽃을, 개나리를, 진달래를 그냥 지나치기 어려운 걸 보니 봄이 오긴 왔다. 요즘 열심히 단어를 깨치고 있는 네 살 둘째는 "아빠 저 분홍색 꽃 뭐야? 오빠랑 같이 사진 찍자"라며 옆에서 애교를 피운다. 코로나19가 사람들을 숨죽이게 만들었지만, 봄꽃들은 그래도 세상이 살아있음을 느끼게 한다.

마스크를 쓰고 길을 걷다 벚꽃비를 맞았다. 맞아, 그날도 그랬다. 사 년 전, 아버지와 함께 보낸 마지막 봄.

첫째를 잠시 부모님께 맡겨야 하는 상황이었다. 어머니는 암투병을 막 시작한 아버지와 갓 돌 지난 아이를 같이 돌보느라 꽤나 고생이었지만, 덕분에 아버지는 반 년 남짓 온전히 손주와 함께 시간을 보낼 수 있었다. 나와 아내는 주말마다 대전 본가를 찾았다. 물론 부모님을 찾았다기보단, 아이를 찾아 돌아가는 주말여행이었다.

4월 어느 봄날이었고, 동네 어귀에는 벚꽃이 흐드러지게 피어 있었다. 집 앞 천변 공원에도 꽃이 만발했다. 멀리 봄나들이 갈 필요 없이, 우리는 간단히 돗자리 하나 챙겨들고 나가 봄을 만끽했다. 이제 막 걸음마를 떼기 시작한 아기는 모두에게 웃음꽃을 안겨주었다.

집으로 돌아오는 길에 벚꽃비가 내렸다. 그리고 아내는 고

맙게도 그 광경을 휴대폰 동영상으로 찍어두었다. 할아버지와 아버지와 아들이 나란히 걸어가던, 벚꽃비가 내리던 그 순간을.

십몇 초에 지나지 않는 그 짧은 동영상이
아버지와 내가 보낸 마지막 봄날의 빛과 소리를 담은
유일한 기록이라는 사실을,
나중에 아버지가 떠나고 나서야 깨달았다.

영상은 사진보다 훨씬 풍부한 기억을 전달해준다. 영상을 보고 있다 보면 그날의 감각이 되살아난다. 무엇보다, 소리가 담겨 있다. 다시는 듣기 어려운 목소리가 그 속에 고이 담겨 있다. 나중에 고인의 모습과 육성을 담은 영상을 몇 개 찍어두지 못했다는 것을 알게 되지만, 이별 후에 후회해봤자 별무소용이다.

아버지로부터 얻은 이 교훈을, 요즘에는 가족을 위해 십분 활용하는 중이다. 하루에 한 개씩, 30초에서 1분 정도 길이의 짧은 영상을 찍어둔다. 집에서 블록쌓기 놀이를 하는 아이들, 놀이터에서 그네 타는 아이들, 꽃을 보고 감탄하는 아이들…. 오늘을 살아가는 우리와 아이들의 모습을 담아두고자 애쓴다.

아이들은 금세 자랄 것이고, 점점 요정처럼 작고 귀여웠던 자신들의 과거를 잊어갈 게다. 내 영혼을 구원해주고 있는 이 작은 천사들이 자기들이 어디에서 왔는지를 점점 잊어갈 때, 틈틈이 찍어둔 영상은 자신들이 이렇게 켜켜이 쌓인 일상을 자양분으로 자라났음을 증명할 것이다. 나중에 다 크고 나면 어린 시절 영상을 보며 지금의 자신이 존재할 수 있게 해준 햇볕과 공기와 바람과 사람을 기억하는 이들이 되길 바란다. 후줄근한 운동복 차림에 졸린 눈을 한 아빠 모습이 눈에 계속 걸리는 투박한 영상들이라도.

4차 산업혁명 시대란다. 동영상을 만들고 기록하는 비용도 계속 더 낮아진다. 커뮤니케이션을 위한 기기라기보다는 점점 더 영상을 찍고 저장하는 카메라에 가까워져가는 스마트폰은 항상 손에서 떠나지 않는다. 여전히 습관처럼 사진을 찍고 있다면, 한발 더 나아가 짧은 영상을 남겨보기를 추천한다. 한동안 나만 이런 생각을 하는 줄 알았는데, 김신완 작가의 〈아빠가 되는 시간〉에서도 영상을 찍어두길 권하는 것을 보고 좀 더 확신이 생겼다.

사랑하는 사람들을 위해 기꺼이 촬영감독이 되어보자. 편집은 언제 하냐고? 인공지능이 알아서 해줄 세상이 머지않았으니 찍어만 두자. 원본을 만들어두는 것, 그것이 오늘 이 세상을 살아가는 인간의 몫이다. 오리지널이 없으면 에디팅도 없을 테니.

　　이 글을 쓰고 몇 달 뒤, 구글포토가 어느 날 '우리 가족'이라는 1분 30초짜리 영상을 만들어 내 스마트폰 알림창에 띄웠다. 나는 영상을 눌러보고 그만 울 뻔했다. 지난 수 년간 아이들의 성장사가 압축 편집되어 담겨 있었다. 나는 그저 짧은 영상만 그때그때 찍어두었을 뿐인데. 인공지능이 알아서 영상을 편집해주는 시대는 이미 우리 앞에 와 있다. 영상과 어울리는 멋진 배경음악까지 덤으로 같이.

집에 있으면
편할 줄 알았지?

***

    나 보기가 역겨워 가실 땐 죽어도 아니 눈물 흘릴 수 있지만, 애 보기는 눈물 없인 불가능하지 싶다. 세탁기 위 울빨래 버튼만 눈에 들어와도 울컥한다. 전에 봤던 영화 속 김지영이 이런 마음이었을까. 주부 우울증이 괜히 오는 게 아니었다.

    두 아이 육아를 한답시고 집에 들어앉은 지 고작 몇 달이 지났다. 앞에 '고작'란 형용사를 붙이고 싶은 마음이 불쑥 들 만큼 짧은 시간. 그 와중 하나하나 새로운 깨달음이 쌓여간다. 그때마다 한 움큼씩 생겨나는 부끄러움은 덤이다.

처음에는 '회사일에 비하면 집안일은 껌이지'라고 내심 얕잡아보고 있었다. 늘 집이 어지럽다 불평했다. 시간만 나면 이 어지러운 난장판을 금세 깨끗이 만들어주겠다고 벼르던 터였다. 긴 자취 경험으로 쌓은 요리 실력도 어디 가지 않았을 것이었다. 아이들에게 맛있는 음식을 만들어주며 사이좋게 지내는 그림 같은 장면을 머릿속에 그렸다. 시간이 부족해서일 뿐, 시간만 충분히 주어진다면 그런 삶이 충분히 가능하다고 믿으며 살았다.

오판이었다. 아이들과 잘 지내지 못했던 건 시간의 문제가 아니었다. 함께 지내는 시간이 늘어나면 아이들이 절로 아빠와 죽고 못살게 될 것이라는 생각을 감히 했다니 순진하긴. 육아와 집안일은 마음먹은 대로 그렇게 간단하게 굴러가지 않았다.

왜 '나는 잘할 수 있어'라며 자신만만했을까. 사실 풀타임 육아가 처음이면 신입사원이나 마찬가지다. 굳이 비교하자면 잠깐 주말 알바 경험이 있는 신입사원 정도라고 해야 할까. 저녁 혹은 주말에 잠깐 아이들을 보는 것과, 일어나서 잠들 때까지 아이들과 지내는 것은 부대끼는 밀도 자체가 다르다.

이제 학교에 입학하는 큰애는 딱 장난치기 좋을 나이다. 큰애가 이리저리 장난을 치고 있으면, 따라하기 좋아하는 둘째가 합세하여 집안을 아수라장으로 만들기 시작한다. '하나 더하기 하나는 둘'이라는 물리 법칙은 사라지고 육아 복잡도가 기하급수로 증가한다. 육아 스트레스 게이지도 비례해서 올라간다.

그러다 펑. 펑펑. 퍼퍼펑. 내가 이렇게 화를 많이 내는 사람이었다니. 아이는 서러움에 몸으로 울고, 아빠는 자괴감에 마음으로 운다. 이런 패턴이 심심찮게 반복된다. 반듯하게 정리된 상태를 좋아하는 사람에게 육아는 상극이다. 석 달을 채 못 버티고 복직했다는 누군가가 떠오른다. 남 이야기가 아니다.

애들 돌보기도 힘겨운데 집안일까지 깔끔하게 해내는 것은 보통 노력으론 어림없는 일이다. 집안일은 끝이 없다. 방 세 개짜리 작은 집 하나를 정리하는 데 한 달이 꼬박 걸렸다. 큰방, 작은방, 주방, 냉장고, 옷장, 다용도실… 물건들을 겨우 있어야 할 자리에 놓아두고 한숨 돌렸더니 웬걸, 가족들로부터 어마어마한 잔소리를 듣는다. 각자 나름의 방식으로 정리해뒀던 것을 다 헤집어놓았으니, 겉으로는 말끔하지만 속은 다 뒤죽박죽이 되어버린 것.

'내가 이것들 다 깔끔하게 정리했어'라고 뽐내려다가 오히려 된통 욕만 먹었다. 회사에서도 누군가가 진행 중인 프로젝트에 잠시 끼어들어 한꺼번에 정리한답시고 이것저것 쑤셔놓고 쓱 빠져나가면 남은 사람들이 뒤치다꺼리하느라 얼마나 골치 아픈 가. 집안일이라고 다르지 않은데 혼자 자신만만 의기양양하게 일을 벌인 것이다. 새로운 시스템이 자리 잡고 익숙해질 때까지 시간이 필요한 것은 어디나 마찬가지인데.

아이들 방은 또 다른 카오스다. 치우고 뒤돌아서면 꿈속에서 치웠던 건가 싶을 만큼 다시 순식간에 어질러져 있다. 〈요괴워치〉에서처럼 '어지르기 유령'이 집 어딘가에 붙어 있는 것이 아닐까 진지하게 생각해보기도 했다.

답은 정해져 있고, 모르지 않는다. 틈나는 대로 계속 치워야 한다. 회사일과 마찬가지다. 그냥 내버려두면 점점 더 엉망이 되어간다. 누군가는 계속 뒤에서 보이지 않게 궂은일을 하고 있어야 집안이 유지된다. 알아주는 사람은 없더라도 치워야 한다. 아니 치워야 산다. 사람의 온기가 남아 있어야 집이 무너지지 않는다는 옛말이 틀리지 않다.

'과연 나는 이 저글링 묘기 같은 임무를 무리없이 잘 수행할 수 있는 것일까' 하는 생각을 하며 아이들을 바라본다. 거실 바닥에 물을 뿌리며 물놀이를 하고, 신나게 이불로 썰매를 만들어

탄다. 장난감을 모두 꺼내놓고 둘이서 캠프파이어도 한다.

　나 무슨 생각을 하고 있었던 거야. 온종일 이런 모습들 보려고 잠시나마 일을 놓은 것 아니던가. 집은 점점 혼돈의 세계가 되어가지만, 아이들은 그 속에서 자기들만의 세계를 만들고, 행복해한다. 그리곤 내게 묻는다.

　"아빠, 오늘도 옆에 있을 거지? 어디 안 가지?"

　"그럼, 아빠 계속 옆에 있을 거야. 걱정 말고, 먹을 거 만들어줄 테니 놀고 있어. 다치지 않게 조심하고."

좋은 아빠는
하루아침에 되지 않는다

*
*
*

사람들은 가까울수록 서로에게 못난 모습을 더 많이 보이기도 한다. 상대에게 내 의지를 관철시키고자 할 때면 더욱 그러하다. 수현이는 "아빠는 정말 나빠"라는 말을 입에 달고 산다. 조금만 서운하다 치면 울기 일쑤다.

아침에 눈을 뜨면 '오늘은 수현이와 싸우지 말고 하루를 보내야지' 하고 다짐하건만, 저녁 무렵이 되면 아침나절 다짐은 안드로메다로 떠나버리고 전투 태세가 된다. 숙제를 제시간에 하느냐 마느냐를 둘러싸고 공방이 벌어질 때, 광고에 나오는 장난감을 사달라고 계속 조르기 신공을 펼칠 때, 〈쿵푸팬더〉를 보고 나서 자기가 무술 고수 '포'라며 아빠를 샌드백 삼아 태권도 킥을 날릴 때, 뇌에서는 경보가 울린다.

'비상 비상! 위험하다!'

아이고, 또 어른처럼 하려 하는구나. 육아가 아니라 훈육을.

아이들과 그저 시간만 많이 보낸다고 저절로 좋은 아빠가 되는 것이 아니었다. 아이들과 함께할 시간을 확보하는 것은 그야말로 시작점에 불과했다. 눈을 맞추고 아이들의 입장이 되어 아이들을 이해하고, 소통하는 것은 쉬운 일이 아니었다. 자기 전에 왜 칫솔질을 해야 하는지, 동생과 싸우면 왜 안 되는지, 사고 싶은 장난감을 왜 모두 살 수 없는지를 설명하는 것은 쉽지 않았다. 애써 설명해도 며칠 지나면 제자리에 와 있었다. 온전히 이해할 것이라 기대했던 건 아니지만, 아이의 언어로 대화하는 능력이 부족했던 이유도 크다. 아마 영영 불가능할지도 모르겠다. 세대 차이는 태곳적부터 있었다지 않은가.

그러나 무엇이든 능숙해지기 위해서는 축적의 시간이 필요한 법이라고 스스로를 다잡는다. 이제 고작 몇 달을 온전히 아이들과 부대꼈을 뿐이다. 같은 처지에 있는 사람들을 바라본다. 다른 육아 동지들은 어떠했을까. 나보다 훨씬 오랜 시간 아이들과 함께 울고 웃으며 삶을 지나온 친구와 동료들. 뭔가를 깨닫고 얼굴이 화끈해진다. 과거의 나는 은연중에 집안일과 육아를 '아무나 할 수 있는, 별것 아닌 일'로 치부하고 있었다는 것을 인정하지 않을 수 없었으므로.

육아휴직 전, 회사일을 핑계로 집에 거의 붙어 있지 않았던 과거를 반성한다. 아내는 똑같이 아침에 나가 저녁에 들어오는데도 아이들 봄옷이 어디에 있는지, 예방접종을 어디까지 했고 무엇을 더 맞아야 하는지, 애기옷은 어떻게 드라이클리닝해야 하는지 다 알고 있다. 워킹맘에 비하면, 나 같은 아빠들은 얼마나 쉽게 회사 생활을 하고 있었던 것인가. 아이들의 1순위가 엄마인 데는 다 이유가 있었던 것이다.

그리고 어머니. 지난 수년간 나와 아내가 둘 다 늦는 날이면 어머니는 혼자 천방지축 아이 둘을 밥 먹이고 씻기고 치카치카 시켜서 재웠다. 아이들이 지금보다 어렸으니 더 힘들었을 게다. 부모 말도 잘 안 듣는 아이들이 할머니 말이라고 고분고분 잘 들었을 리 없다. '저 일하느라 좀 늦게 들어가요'라고 카톡 하나 딸랑 남기는 게 어머니에게 얼마나 무심한 일이었던지 이제야 비로소 마음으로 이해하게 됐다.

백 일 정도 지났으니 어느덧 초보 딱지는 뗀 게 아닐까. 지금까지 좌충우돌했던 소중한 경험들을 바탕으로 내일부터, 아니 오늘 저녁부터는 아이들에게 좀 더 자상하고 좋은 아빠가 되어야지 다시금 다짐한다. 그러다 보면 언젠간 엄마를 따라잡을 날이 올 수도 있겠지.

할 일이 많다. 스타크로스 장난감 시리즈도 다 외워야 하고, 바둑도 아슬아슬한 차이로 져줘야 하고, 치과놀이 환자도 되어서 입도 뻐끔뻐끔 잘 벌려야 한다. 물론 그사이 애들 밥도 먹여야 한다. 수행해야 할 일이 너무 많은데, 잘 해낼 수 있겠지? 오늘은 제발 너무 기상천외하고 예측 불가능한 미션만 발생하지 않기를 바랄 뿐이다.

"얘들아, 너희는 마녀 배달부 키키가 아니라 빗자루를 타고 하늘을 날 수 없다고!"

아이 눈에만
보인다

＊
＊
＊

미세먼지라고는 눈 씻고 봐도 찾아볼 수 없는 계절이다. 이렇게 푸르디푸른 하늘만 계속되었으면 좋겠다. 구름 한 점 없는 하늘을 보고 있자니 자꾸만 엉덩이가 들썩인다. 가까운 곳이나마 나들이 나가고 싶은 마음이 모락모락 피어난다. 아 어쩌란 말이냐.

결국 참지 못했다. 코로나19도 소강상태에 접어들었다지 않은가. 아이들을 태우고 집에서 멀지 않은 곳으로 드라이브를 나갔다. 창밖으로 보이는 초록빛 나무들만 봐도 즐겁다. 사람이 많지 않은 카페를 하나 찾아냈고, 적당히 거리를 두고 네 가족이 둘러앉았다. 차도 마시고, 책도 보고, 이런저런 놀이도 하며 오후 한나절을 보냈다. 행복이 별건가.

집에 돌아오는 길은 나설 때와 달리 아이들 눈이 말똥말똥하다. 잠이라도 들면 아내랑 못다 한 이야기나 나눌 텐데 전혀 잘 기색이 없다. 제발 잠들어라 하고 주문을 외다 포기하고 아이들과 차 안에서 할 수 있는 게임을 하기로 했다.

먼저 '눈치~ 게임!' 애들을 재우기 힘들 때 곧잘 하는 놀이다. "게임 시작!" 하고 내가 먼저 "하나!" 하니 수현이가 "둘!" 아내가 "셋!" 한다. 그리고 아직 눈치가 없는 막내는… 운다.

음… 우리 다른 게임 할까?

이번엔 출석 놀이를 하기로 했다. 수현이가 자기 마음속에 있는 출석부 속 이름을 하나씩 호명한다. 차 안에 함께 타고 있는 사람들이 차례로 대답한다.

"아빠!"

"출석!" 내가 대답한다.

"엄마!"

"출석!" 아내가 대답한다.

"동생!"

"출석!" 둘째가 대답한다.

"고모!"

"결석!"

"고모부!"

"결석!"

"할머니!"

"결석!"

"할아버지!"

"결석!"

"아빠, 아니야 틀렸어. 할아버지는 출석이지"

"응? 왜?"

"에이 아빠~ 할아버지는 눈에 안 보이지만 우리 옆에 같이 타고 있잖아~!"

목구멍이 턱 막히는 것 같았다.

만 삼 년이 지나는 동안, 어느덧 아버지의 자리가 늘 비어 있다고 믿게 되었다. 그 사실은 변하지 않기에 나는 아버지의 부재를 묻는 수현이의 호명에 "결석!"이라고 단조롭게 답했다. 그런데 그런 내게 아들은 단호한 표정을 지으며 '아빠가 틀렸다'고 말하고 있는 것이다. 이런 멍청한 아빠 하고는… 한심하다는 눈으로. 어린 손자가 장성한 아들보다 낫다.

박웅현은 〈책은 도끼다〉에서 김훈의 글을 빌려 이렇게 이야기한다.

> 친애하는 이를 잃은 슬픔도 슬픔이지만,
> 그 사실조차 시간이 지나면 희미해져가는 건
> 또 다른 종류의 슬픔이라고.

어머니는 이따금 꿈나라로 떠나기 직전 아이 머리맡에서 "할아버지는 우리 눈에는 안 보이지만, 늘 옆에 계신다"라고 나지막이 이야기했다. 그 말을 들으며 자란 아이에게 할아버지는 늘 함께 있는 가족이다. 아이의 마음은 여전히 오래도록 못 만난 할아버지를 품어줄 수 있을 만큼 아름답다. 어린이날 마트에서 온갖 장난감을 보며 침흘리고 있을 때는 그저 어리기만 한 줄 알았는데.

떠났다고 생각한 이는 떠나지 않았다. 동심속에서는 늘 함께 살아 숨쉰다. 5월은 잃어버린 동심, 어린이의 마음을 조금이나마 다시 찾아오기 위한 계절인가. 그래서 신은 이렇게 아름다운 날씨를 선물해주었는지도 모르겠다.

"그래 맞다, 아빠가 틀렸네. 할아버지도 출석!"

재난이 찾아와도
흔들리지 않기

***

　　　지난해 여름, 밤늦게 집 근처 영화관을 찾았다. 일과 육아와 더위로 인해 지쳤던 터라 시원한 콜라와 고소한 팝콘을 즐기며 잠시나마 스트레스를 풀고 싶었다.

　　극장에 가니 조정석 임윤아 주연의 〈엑시트〉가 박스오피스 1위를 달리고 있었다. 부담 없는 코미디 영화라는 소개를 보고 큰 기대 없이 표를 끊어 좌석에 앉았다. 애들을 재우고 슬며시 나와 호로록 마시는 콜라는 달착지근했고, 팝콘은 더할 나위 없이 고소했다. 이미 목표의 절반 이상은 이룬 셈이었다. 이제 영화가 무섭거나 졸리지만 않으면 되었다.

용남(조정석 역)과 의주(임윤아 역)는 러닝타임 내내 잘 달렸다. 그동안 봐왔던 재난영화들과는 다르게, 〈엑시트〉에서는 재난이 어떻게 일어나게 되었는지 설명하는 서사의 상당 부분이 생략되고, 산악 클라이밍 동아리 출신인 두 주인공이 재난으로 초토화된 도심 곳곳을 뛰고 기어오르는 액션이 주를 이뤘다. 건물에 아슬아슬하게 매달려 있는 용남과 의주를 보며, 공포영화가 아닌데도 등골을 오싹하게 할 수가 있구나 하며 감탄했다.

영화 내내 지루할 새가 없었다. 이상근 감독은 두 시간이 채안 되는 짧은 상영시간의 대부분을 관객이 주인공들의 질주에 몰입하게 만드는 데 성공했고, 〈엑시트〉는 천만 가까운 관객을 동원하며 그해 여름 최고의 흥행작이 되었다.

그새 가을과 겨울이 지나고, 꽃들이 움트는 봄을 맞는 중이다. 지금까지도 간간이 그 영화가 머릿속에 맴도는 것은 손에 땀을 쥐게 하는 클라이밍 장면보다는, 영화 속에 양념처럼 곁들여진 또 다른 클라이밍, '등짝 클라이밍' 때문이다.

영화의 중요 소재가 되는 어머니의 칠순잔치 초반, 찌질한 백수 캐릭터인 용남은 두 매형에게 밀려 어머니를 업어드리는 아들로서의 당연한(?) 미션을 수행하지 못한다. 사람들의 목숨을 위협하던 재난으로부터 겨우 벗어나 가족들과 재회한 순간, 용남은 어머니가 손사래를 치는 통에도 기어이 그녀를 등에 업고 덩실덩실 춤을 춘다.

그 장면을 보는 순간 아차 싶었다.
아버지를 등에 업어본 적이 있었나.

아버지가 환갑을 맞으셨을 때, 나는 부모님 곁에 없었다. 타국에서 영상통화로 간단히 안부를 전했을 뿐이다. 꼭 환갑이나 칠순 잔치에만 부모를 업으라는 법은 없으니, 아무때나 마음만 먹으면 한번 업어드릴 수 있었다. 그런데 그게 말처럼 쉽지 않다. 생각이 앞서야 행동이 뒤따른다. 부모를 업어드리고 싶다는 생각을 해야 비로소 부모를 업어볼 수 있다. 그러니까, 그전까지 나는 살면서 부모를 업어보겠다는 생각조차 해보지 않은 자식이라는 이야기다. 이제는 가능하지 않은 일이다. 아버지는 진즉 떠나고 없다.

돌이켜보면 질풍노도의 정점을 달리던 십 대 시절, 아버지에게 반항하던 기억만 오롯하다. 저 잘난 줄만 알던 이십 대에도 미처 몰랐지만 이미 인생의 황혼기에 접어들고 있었던 아버지에게 참 못되게 굴었다. 어떻게 자식들은 늘 저 혼자 세상에서 뚝 떨어져 자라난 줄로만 아는 것일까.

아버지를 등에 한번 업어봤다고 자식 된 도리를 다한 건 아니지만, 가끔씩 영화 결말부의 덩실덩실 춤추는 장면이 떠오르곤 한다. 부모 한번 업어보지 못하고 이별하게 되면 어떡하나 하는 용남의 마음을 연기로 잘 표현해준 조정석 배우 덕택일 것이다.

아직 곁에 계신 두 분 어머니의 칠순 잔치가 얼마 남지 않았다. 그때가 되면 번쩍 업어드릴 수 있도록 지금부터 몸 관리 잘해야지 싶다. 물론 아무때고 업어드릴 수 있지만, 다짜고짜 업어드린다고 하면 두 분 다 절대 싫다고 손사래 칠 분들이니 기회를 잘 엿봐야겠지.

장래 희망이
뭐냐고요?

***

　　"학부모님, 학생 기초자료 작성해서 보내주시기 바랍니다."

　　학교에서 알림이 오자마자 두 손을 모아 회신했다. 나도 모르게 공손해졌다. 은유 작가의 칼럼에서 한 유명 배우의 에피소드를 읽은 적 있다. 이 배우가 제 아이 담임 선생님에게서 전화가 오자 인터뷰를 중단하고 '1초 만에' 황급히 학부형 모드로 변신하더란다. 우아하게 인터뷰를 하다 말고 갑자기 기억자로 몸을 굽혀 전화기에 공손히 인사하는 배우의 모습을 상상했다. 실제로 그정도까지 공손하진 않았겠지만, 학교에서 걸려 온 전화에 어쩔 줄 몰라하는 학부형 인터뷰이를 떠올리며 혼자 웃은 게 바로 얼마 전이다. 아아 나도 비슷한 처지가 될 줄 그때는 왜 몰랐을까(그러게 웃긴 왜 웃어).

학교는 드디어 개학을 했고, 아이는 일주일에 단 한 번일지언정 등교를 해서 선생님과 반 친구들을 만났다. 얼음땡 놀이를 하듯, 학부모가 움직여야 하는 각종 행정 업무도 서서히 풀려나왔다. 스쿨뱅킹 계좌 만들기, 예방접종 기록 찾기, 학생 상담용 기초자료 제출 등.

그중 학생 상담용 기초자료 서식을 보니 어딘가 익숙했다. 어릴 적 생활기록부에서 많이 봤던 것들이다. 취미, 특기, 학생의 진로희망, 학부모의 진로희망란이 나란히 나를 바라보고 있었다. 가만있자… 취미와 특기는 요즘 좋아하는 것들 쓴다고 치고, 수현이 장래희망이 뭐였더라?

어쩌면 생활기록부에 기록되어 평생 따라다닐지도 모를 중차대한 문서다. 아빠 혼자 써낼 수는 없는 노릇이므로, 아이와 머리를 맞댔다.

"수현아 나중에 뭐하고 싶니?"

"마인크래프트 하고 싶어."

'요즘 매일 마인크래프트 하고 싶다 노래를 부르더니 온통 머릿속에 그 생각뿐이로구나.'

"아니 그거 말고. 무슨 직업을 갖고 싶냐고."

"…?"

수현이는 영문을 모르겠다는 표정이었다. 시계를 보니 열 시를 지나고 있었다. 대화를 마무리하고 재워야 한다는 압박에 조급해진 나는 유도 질문을 던졌다.

"직업 말이야 직업. 나중에 커서 뭐가 되고 싶냐고. 너 예전 에는 소방관 되고 싶다고 하지 않았어?"

"싫어. 소방관은 불 나면 죽을 수도 있잖아."

"그럼 만화가는? 요즘 포켓몬 잘 그리잖아."

"나 그림 잘 못 그려."

"그럼 의사는?"

"수술하다 사람을 죽일 수도 있잖아."

"그럼 비행기 조종사는?"

"나 고소공포증 생겼어."

"그럼 프로게이머는 어때? 게임 좋아하잖아."

"매일 하다 보면 중독돼."

아이의 입에서 '중독'이라는 단어가 나오는 것을 보고 조금 놀랐다. 나는 초등학교 1학년의 지적 수준을 대수롭지 않게 여기고 있었다.

"그럼 별로 내키진 않겠지만, 아빠처럼 회사원은 어때?"

"싫어. 맨날 야근하잖아."

"….."

수현이는 하고 싶은 일보다는 하기 싫은 일 위주로 세상을 보고 있었다. 그리고 그 세계관은 내가 만들어놓은 것이었다. 매일 야근하던, 매일 회식하던 내가.

육아휴직을 내고 매일 저녁 아들과 놀기 시작한 지 반 년째다. 같이 〈포켓몬〉을 보고 〈신비아파트〉를 보고 실뜨기를 하고 색칠놀이를 하고 킥보드를 타고 축구공을 찬 게 '벌써 반 년이나 되었다'고 나는 생각했는데, 아들에게 아빠는 여전히 '매일같이 야근하고 집에 늦게 들어오는 사람'으로 각인되어 있었다. 육 개월이면 짧은 시간은 아니라고 생각했다. 오롯이 아빠만의 착각이었다.

장래희망은 더이상 묻지 않기로 했다. 몇십 년 후 뭐가 되고 싶은지가 뭐 그리 중요한가. 여덟 살 아이에겐 아득히 먼 미래다. 마흔 살 내게 "백 살 되면 뭐하실 거예요?"라고 묻는 것과 뭐가 다른가 싶다. 돌이켜보면 내 인생도 어릴 적 생활기록부에 쓰여 있던 장래희망과는 한참 거리가 멀었다.

아이를 재우고 다시 서류를 들여다봤다. 그래 장래희망은 패스. 남은 건 '학부모 진로희망'이었다. 아아 신이시여 저를 왜 이런 시험에 들게 하시나이까.

종이 한 장을 두고 마음이 풍랑 맞은 배처럼 갈 곳 없이 헤매고 있었다. 엄마 아빠가 원하는 대로 아이의 장래가 펼쳐진다면 그게 정상인가 싶다가도, 내 아이가 인생의 고통을 최소한으로 겪었으면 하는 마음이 형광등 불빛 아래 얽히고 있었다. 이게 뭐라고. 이 한 줄이 뭐라고.

이 생각 저 생각하다 생각이 (안드로메다까진 아니고) 기본소득까지 가버렸다. 수현이가 어른이 되었을 때 기본소득 제도나 잘 정착해 있으면 좋겠다. 무상급식제도 덕에 도시락 걱정 안 하고 학교 보내듯, 기본소득만 있으면 먹고사는 건 문제없을 테니 뭐라도 하지 않을까. 그 시대가 되면 학생 상담자료에서 '학부모 진로 희망'을 쓰느라 머리 싸매는 학부모는 사라지고 없을 테지.

생각은 정처 없이 흘러 흘러 아버지에게까지 가닿았다. 아버지라면 뭐라고 썼을까…. 쓰긴 뭘 써. 소처럼 그렁그렁한 아버지 눈만 떠올랐다. 늘 그랬다. 생활기록부 학부모 희망란과 상관없이 아버지는 "난 너를 믿는다. 너 하고 싶은 대로 해라"라는 말만 반복했다. 본인이 배운 게 부족해서 잘 모른다고, 네가 어련히 잘 알아서 하지 않겠느냐고. 고등학교에서 문과와 이과를 놓고 고민할 때도, 대학을 갈 때도, 취업을 할 때도, 유학을 갈 때도 늘 그랬다. 아버지의 그 눈을 보고서야 나는 안심하고 다음 선택지를 향해 발을 디딜 수 있었다.

'아들아, 뭘 그리 바라고 있어. 그냥 나처럼 해.'
아버지는 그렇게 말하고 있었다.

아들이 나중에 무엇을 하든, 그저 옆에서 지켜볼 수만 있었으면 좋겠다. 내 아버지가 그랬듯이.

등굣길 아침에 살짝 장난기가 동했다. 이미 학생 기초자료

장래 희망이 뭐냐고요?

는 아이 가방에 넣어둔 다음이었지만, 슬쩍 수현이 옆구리를 찔렀다.

"간밤에 혹시 하고 싶은 직업이 생겼어?"

"…??"

"혹시 대통령은 어때?"

"너무 말 많이 해야 해서 싫어."

"사진작가는 어때?"

"전국을 돌아다녀야 하잖아. 엄마 아빠 자주 못 만나니까 싫어."

놀랐다. 내 아들은 현상의 본질을 꿰뚫는 눈을 가지고 있구나! …나는 전생에 고슴도치였던 것일까? 아니겠지. 아이들의 눈이 원래 그런 것이겠지. 부모의 마음이란 원래 이런 것이겠지.

한나절간의
이별

*
*
*

하늘에 구름 한 점 없다. 십몇 년 전 입대하던 그날도 그랬다. 그러고 보니 이 계절이었네. 적당히 따뜻한 온기가 올라오던 초여름.

그 나이 때 어느 누가 그렇지 않을까만은, 군대에 가기 싫었다. 이리저리 미적거리다 때를 놓치고 동기들이 모두 입대한 후에야 훈련소에 가는 날을 맞았다. 도대체 병무청은 뭘 보고 내 신체등급을 1급으로 판정한 것인가. 나보다 키 크고 건강한 친구들이 쌔고 쌨는데 왜 나까지 논산으로 가야 하는가. 이런 시답

잖은 생각을 하며 영등포역에서 대전행 무궁화호를 타던 기억이
난다.

본가에서 마지막 밤을 보내고 아침 일찍 아버지의 낡은 쏘
나타를 탔다. 할머니가 손주 군대 가는 모습을 보시겠다고 동행
했다. 아버지가 운전대를 잡고, 나는 조수석에 탔다. 할머니는
한복을 곱게 차려입은 채 오른쪽 뒷좌석에 앉으셨다.

대전에서 논산은 차로 한 시간이 안 걸리는 거리다. 내비게
이션이 없는 시절이었지만 초행길임을 감안하더라도 넉넉잡아
한 시간 정도. 그 한 시간 사이에 작은 사고가 있었다. 사소했지
만, 잊히지 않는 사고.

집을 나선 지 얼마 안 되었는데 계속 차에서 무슨 소리가 났
다. 덜그럭 덜그럭. 곧이어 "끼익" 하고 차가 한쪽으로 기울어졌
다. 어라? 뭐지? 아버지가 갓길에 차를 세웠다. 문을 열고 차 밖
으로 나가 타이어를 보더니 트렁크에서 생전 처음 보는 도구들
을 주섬주섬 꺼내기 시작했다.

타이어 한쪽이 터진 것이다. 아버지 얼굴에 난감한 기색이
스쳤다. 도구들은 꺼냈지만 정작 한 번도 타이어를 갈아본 적이
없는 게 분명했다. 차들은 위협하듯 옆을 쌩쌩 지나갔다. 아버지
는 땀을 줄줄 흘리며 어딘가에 전화를 하고, 타이어를 계속 이리

저리 만져봤다. 할머니는 죄 없는 자줏빛 저고리 고름을, 나는 어색한 짧은 머리를 만지며 아버지의 분투를 말없이 지켜보기만 했다.

왜 그 장면이 오래도록 머리에서 떠나지 않았을까. 전에는 몰랐지만, 나는 타이어가 터진 것을 기억하는 게 아니었다. 나중에 아버지가 한 말 한마디가 마음에 남았던 것이다. 타이어를 갈려고 고군분투하던 아버지 마음이 슬쩍 드러났던 그 한마디.

"휴, 하마터면 우리 아들 죽일 뻔했네. 군대 보내다가."

그날 갓길에서의 싸움은 다 자란 아들을 위해 아버지가 치른 싸움이었던 게다.

아버지는 기어이 승리를 거뒀다. 아버지는 타이어를 가는 방법을 깨우쳤고, 터진 타이어를 빼낸 자리에 스페어 타이어를 갈아 끼우기 시작했다. 우리는 제시간에 훈련소에 도착했고, 나는 운동장에서 아버지와 할머니를 향해 손을 흔들었다.

수현이가 코로나19를 뚫고 얼마 전 정식으로 입학했다. 가방 메고 계단을 오르며 첫 등교하는 아이의 뒷모습을 페이스북에 올렸다가, 지인들로부터 '왜 천신만고 끝에 등교하는 아이를 이렇게 슬퍼 보이게 찍었느냐'는 지탄(?)을 받았다. 본인은 선생님과 새 친구들 만날 생각으로 신나서 휘적휘적 뛰어올라갔을지도 모르는데.

내가 아이와 손잡고 함께 교문을 넘지 못했기 때문일 것이다. 이제 겨우 초등학생이지만, 교과서가 든 가방은 꽤나 무겁다. 그 가방을 멘 채 자기 반을 스스로 찾아가야 하는 그이의 모습을 아비 된 나는 교문 밖에서 그저 바라봐야만 했다. 그 순간 군대도 못 가보고 죽을 뻔했던 그날, 갓길 한쪽에서 쭈그려 앉아 나름 차려입은 셔츠를 흠뻑 적신 채 타이어를 갈던 아버지가 떠올랐다. 우연은 아니었을 것이다.

육아휴직의 힘은 강력하다. 자식과의 이별을 매일 아침 맞이하고 있다. 가끔 학교 보안관 아저씨의 제지를 뚫고 짐짓 모른척 함께 들어갈까 하는 마음이 속에서 끓어오르기도 하지만, 그보다는 한나절의 짧은 이별에 조금씩 익숙해지는 편을 택한다. 교문은 육중한 철문이지만 그래도 틈이 넓어서 아이가 선생님이 건네주는 손 소독제로 손을 닦고 종종걸음으로 사라질 때까지 응시하는 것을 너그러이 허용해준다.

나는 아이가 사라지는 것을 보고 뒤돌아서다 그날의 아버지를 떠올렸다. 하마터면 '천금 같은 자식을 황천길로 보낼 뻔했다'며 짐짓 농담처럼 말하던 그 여름날, 놀란 가슴을 쓸어내린 채 제 자식 머리끝이 운동장에서 사라질 때까지 눈 떼지 못한 채 바라보고 있었을 그날의 당신을. 그나마 당신의 어미와 함께여서 그 마음 조금이라도 덜 헛헛하지 않았을까 싶다.

　진실은 알 길이 없다.

호수공원과
삼백 원짜리 커피

*
**

가끔 일산에 간다. 그저 잔잔한 호수를 보고 싶어서…라고 말하고 싶지만 실은 우리 동네에 없는 게 많아서다. 냉장고가 비면 코스트코에 가서 고기도 사야 하고, 휴대폰을 바꾸려면 통신사 지점도 찾아가야 하는데 동네에 없으니 자연히 가까운 일산을 찾게 된다. 일산엔 모든 것이 있다. 신도시가 생긴 지 30년이 지나니 이제는 없는 게 없는 수도권 서북부 중심이 되었다. 예전엔 이름처럼 산 하나뿐이었다는데.

얼마 전에도 일산을 찾았다. 엄마가 국민연금공단에 볼일이 있다고 하는데, 찾아보니 역시 집에서 가장 가까운 지사는 일산에 있었다. 공단 정문 앞에 내려드리고 주차한 후 건물에 들어갔더니 엄마가 다시 내려온다. 서류를 빼놓고 와서 근처 주민센터에 갔다 와야 한단다. 투덜투덜대며 주민센터까지 동행해서 서류를 떼고 오는데, 문득 뒤를 보니 엄마가 사라졌다. 어디 가셨나 두리번거리다 보니 근처 채소 가게에서 정신없이 야채를 쓸어 담고 있었다.

"여기 엄청이 싸!"

"…."

공단까지는 아직도 꽤 걸어가야 하는데, 무를 저리 많이 사면 누가 다 들고 가나? 주차도 한참 멀리에 했는데 차까지 들고 가 실으려면 아이고야. 투덜이 스머프가 되었다. 입이 아까보다 댓 발 더 나왔다. 일산은 이렇게 채소가 싸고 좋다며 엄마는 그저 싱글벙글이다. 무, 토마토, 북어까지 꽂아넣은 비닐봉지를 양손에 들고 뒤뚱대는 아들 맘은 모르고.

공식적인 일산 방문 목적은 두 가지였다. 국민연금공단에서의 볼일을 마쳤으니, 이제는 코스트코에 가야 했다. 언제나 식재료의 선택 기준은 '싼 것'인 엄마에게 뭐든 동네 슈퍼 대비 저렴한 코스트코는 별천지나 다름없다. 근처에 없어 자주 못 가는 게 그저 아쉬울 따름이다(엄마는 30년째 장롱면허다).

　5층 주차장에 차를 대는데 뭔가 이상했다. 시동을 껐는데 "치익 치익" 소리가 났다. 아버지의 늙은 차가 또 말썽을 부린 것이다. 급기야 보닛에서 모락모락 연기가 피어오르기 시작했다. 저러다 불 나는 거 아냐? 동생 말마따나 확 팔아버릴 걸 그랬나.

　운수 안 좋은 날이다. 마음속 열불을 가까스로 참고 보험사 긴급출동 센터에 전화했다. 얼마 있다 레커차가 도착했다. 아버지의 은색 그랜저는 레커차 뒤에 처량히 매달린 채 근처 카센터로 옮겨졌다. 카센터 정비사가 보닛을 열어보더니, 펌프가 오래돼 새는 것이라며 두어 시간 정도 걸릴 것 같단다. 익숙한 동네도 아닌데 뭘 하며 기다리나? 지도 앱을 켜서 현재 위치를 보니 호수공원에서 멀지 않은 것 같았다. 엄마에게 툭 던지듯 말했다.

　"할 일도 없는데 공원이나 한 바퀴 걷다 오죠."

　봄날 호수공원은 생각보다 더 예뻤다. 꽃들이 이리저리 한창이었다. 사람들 여럿이 호수 둘레길을 따라 걷고 있었다. 엄마는 오랜만의 공원 나들이에 신이 났는지 어느새 저만치 앞서가고 있었다.

　반 바퀴쯤 돌았을까. 음료 자판기가 보였다. 잠시 쉬어가자며 엄마를 불러 세우곤 자판기 커피 두 잔을 뽑았다. 나름 삼백 원짜리 고급 커피를 받아 든 엄마는 세상 행복한 눈치였다. 자기는 이백 원짜리 밀크 커피 마시고, 엄마는 삼백 원짜리 뽑아주는 아들 덕에 호강한단다.

"좋다. 네 아버지랑 이런 데 같이 왔으면 좋았을 텐데."

이런, 자판기 커피 한잔이 아버지를 소환해버렸네. 없는 게 없는 일산에, 꽃들이 만발한 호수공원에 있었지만, 옆자리엔 있어야 할 남편이 없다. 사천 원짜리 아메리카노 앞에서 여전히 멈칫거리는 엄마지만, 모른 체하고 그냥 스타벅스에 갈 걸 그랬나.

그녀는 30년 동반자를 떠나보내고 삼 년을 꼬박 세상 슬픈 표정으로 지냈다. 아들딸이 다 무슨 소용이랴. 평소에도 그런 생각이 없던 것은 아니지만, 한 손에 종이컵을 든 채 호수를 바라보는 엄마를 보고 있노라니 더 그랬다. 밀크 커피를 들고 있었어야 할 사람은 내가 아니라 아버지였어야 하는데.

정신없이 자식을 키우다 잠깐 짬을 내어 부모를 돌아본다. 평생 그 자리에 있을 것만 같은 그들이 한순간 사라진다. 아무렇지 않다가도 떠난 이의 빈자리는 그렇게 불쑥 일상 속으로 침입해 들어온다. 만 삼 년 정도면 익숙해질 법한데도 그때마다 마음이 서걱거린다.

언젠간 멎겠지. 나도 엄마도. 그때가 언제가 될진 모르겠으나, 가끔씩이나마 이렇게 말벗 해드리면서 지내야겠지. 삼백 원짜리 커피 한 잔, 삼천 원짜리 무 한 단이면 되는데 그게 뭐 어렵다고.

왜
꼭 그래야 하는데?

＊
＊
＊

대여섯 살쯤 되었을까. 수현이는 매번 "왜"냐고 묻기 시작했다. 세상사 모든 것이 궁금한 것처럼. 초등학생이 되니 뒤에 몇 글자가 더 붙는다. "왜 꼭 그래야 하는데?"

자식 인생 부모 맘대로 되지 않는다는 건 알고 있지만, 그래도 부모다. 양육의 의무가 있다. 아이의 의사를 거스르는 일이 많을 수밖에 없다. 싫어해도 밥을 먹여야 하고, 목욕을 시켜야 하고, 학교를 보내야 한다. 나름 '최소한의 개입' 원칙을 세우고 지키고자 하지만, 초등학생 아이 눈에 부모는 그저 이래라저

래라 하는 잔소리꾼일 뿐. 이 녀석, 아빠는 뭐 좋아서 이러는 줄 아냐. 스무 살만 되어봐라, 집에서 뻥 차버릴 테다 흥. 혼자 이를 갈며 아이의 책가방을 둘러멘 채 현관문을 나선다.

그런데 지난주에는 드디어 뻥 터져버리고 말았다. 등교 시간이 코앞인데 아이는 여전히 미적미적이었다. 학교보다는 만화가, 놀이가 더 재미있는 아이에게 아홉 시 등교는 너무나 가혹한 처사인 게다.

"왜 꼭 아홉 시까지 가야 하는데?"

"학교는 원래 아홉 시까지 가야 하는 거야."

실랑이를 벌이다 결국 아홉 시를 훌쩍 넘은 시간에 아이를 교문 안으로 들여보냈다. 아이 뒤통수가 사라지고 나서도 마음이 편치 않았다. 집 앞 카페에 앉아 혼자 마음을 추스르며 읽던 책을 펴는데, 아아… 옛날 생각이 나버렸다.

중학교 때였다. 아침 자율학습시간에 (그러고 보니 이름이 '자율'학습이었네?) 무료함을 이기지 못해 가방에서 책을 한 권 꺼내 읽고 있었다. 에밀리 브론테의 〈폭풍의 언덕〉. 창가로 불어오는 선선한 바람을 맞으며 느긋하게 캐서린과 히스클리프의 밀당 속으로 빠져들고 있는데 옆에서 누군가가 툭툭 쳤다. 고개를 들어보니 선생님이 옆에 서 있었다. 신성한 자율학습시간에 떡하니 소설책을 책상 위에 펼쳐 놓다니…. 선생님은 무언가 믿을 수 없는 상황이 자기 눈앞에 벌어지기라도 했다는 표정을 짓고 있었다.

"뭐 하는 거야? 얼른 덮어!"

나는 깜짝 놀라 후다닥 책을 집어넣었다. 사춘기 중학생의 그 식겁한 마음이 지금까지도 잊히지 않는다. 자율학습 시간에 책 읽는 게 잘못인 건가? 깎아내리고자 한다면 통속 로맨스 소설이지만, 엄연히 세계문학사에 빛나는 수작 중 하나인데. 〈채털리 부인의 연인〉을 읽은 것도 아니고 쳇(아니, 〈채털리 부인의 연인〉도 안 될 건 또 뭔가?).

그러니까 나는, 자율학습 시간에 세계문학 정도는 읽어도 된다는 나름의 판단을 하고 있다가 선생님께 한 방 먹은 셈이었다. 그날 사건은 그렇게 나의 유년기를 끝내버렸다. 남은 것은 본격적인 수험생의 삶이었다. 하고 싶은 일은 미뤄두고 하기 싫은 일을 해야 하는 삶의 시작. 따뜻한 문학의 품속에서 놀고 있다 거친 생존경쟁 속으로 들어서는 느낌이었달까.

그때 '왜 꼭 그래야 하느냐고' 당당히 물었다면,

인생이 조금은 달라지지 않았을까?

살다 보면 하기 싫어도 꾹 참고 해야 하는 것들이 있다고 믿으며 이때껏 살아왔다. 그 맹목적인 믿음은 대체 어디에서 시작되었던가. 아침 봄바람이 아직 선선하여 기분 좋던 그날 아침의 때아닌 봉변에서부터 시작된 건 아니었을까. 40여 년을 살아 보니 꼭 그것만이 정답은 아니었는데, 난 무작정 참고 견디는 삶의 방식에 너무나도 익숙해져버린 나머지 이제 막 세상에 첫발을 내딛는 아이에게조차 무의식적으로 내가 살아온 방식을 강요하고 있었던 건 아닐까.

지금까지의 삶이 하기 싫어도 하고, 하고 싶어도 하지 않는 복잡한 삶이었다면, 앞으로의 삶은 하고 싶으면 하고, 하기 싫으면 하지 않는 단순한 삶으로 바뀌어야 하는 것 아니냐고, 21세기에 태어난 아이는 아직 20세기 사람인 내게 간결한 문장으로 묻고 있었다.

마흔 먹은 사람의 성격이 바뀌는 것은 불가능에 가깝다지만, 그래 한 번뿐인 인생, 도전해봐야 하지 않겠나. 아들이 이렇게 나를 일깨워주고 있는데. 사실 수억 년 지구의 삶과 비교한다면 인간의 40년은 티끌같은 시간이다. 거기에 대고 불가능이니 가능이니 섣불리 들이대는 것도 온당치 않다.

아이가 학교에서 돌아오기 전까지 얼마 시간이 남지 않았다. 이제는 내가 답을 해줄 차례라 생각하며 남은 커피잔을 비웠다. 그러니까 아들, 이제부턴 꼭 아홉 시까지 학교 안가도 돼. 하루이틀쯤 목욕 안 해도 돼. 아빠가 그냥 살짝 눈감아줄게. 그대신 엄마에게는 비밀이다?

아버지, 지구의 삶에 비하면 인간의 삶은 참 금방이에요. 그렇죠? 곧 먼지가 될 인생을 살고 있지만, 그전까지는 수현이와 잘 지내다 가겠습니다. 꼭 아홉 시까지 학교 안 가도, 하루이틀쯤 목욕 안 해도, 그냥 살짝 눈감아주려고요. 동의하시죠?

"아들 맘대루 혀"라고 말씀하시는 것만 같다.

눈을 맞추니
들리네

*
**
*

　쫑알쫑알 싸리잎에 은구슬이다. 수현이가 부쩍 말이 늘었다. 지치지 않고 입을 놀린다. 말싸움에서 지는 법이 없다. 초등학생은 다 그런가. 친구들과 교실 안에서 무슨 이야기를 그리 하길래 저리도 말솜씨가 좋아졌나 싶다. 아니면 이 모두가 유튜브 때문인가.

　여하튼 학교 가는 길 내내 떠들어댄다. 그런데 가는 귀가 먹어가는지 잘 안 들릴 때가 있다. 비가 오는 날이나 늦어서 마음이 급한 날은 더 그렇다.

"아빠! 블라블라."

"응?"

"아빠! 블라블라블라."

"응? 뭐라고?"

"아빠! 아니 그게 이러쿵저러쿵….."

"뭐라고? 잘 안 들려."

아이가 세 번쯤 말했을 때야 걸음을 멈추고, 쭈그려 앉아 아이와 눈높이를 맞췄다. 가만히 앉으니 아이의 말이 귀에 들린다.

"아빠, 저기 클로버 있잖아. 근데 내가 어제 오다 찾아봤는데 네잎클로버는 없어. 아빠는 네잎클로버 찾아줄 수 있어?"

"글쎄, 아빠가 살면서 네잎클로버는 거의 만난 적이 없어. 운이 별로 없나 봐."

대개 뭐 이런, 싱거운 이야기들이다. 아이는 학교 가는 길에 다른 것들에 자꾸만 눈길이 간다. 이제 겨우 일 미터 조금 넘는 키에 눈에 들어오는 것들은 꽃과 풀이니, 그것들을 아빠의 허리춤에 대고 계속 재잘재잘 이야기하는 것이다. 그러나 잠이 덜 깬 채 집에서 나와 머릿속엔 온통 모닝커피 한잔 생각뿐인 아빠는 자꾸만 자기 말을 놓치는 것이다.

듣는 이가 두세 번 못 들었으면 짜증을 낼 법도 한데 아이는 다시 자기가 하고 싶은 이야기를 차근차근 말한다. 눈을 맞추고 조곤조곤 이야기해주는 아이가 그럴 땐 그저 고맙다.

"아빠가 이쪽으론 잘 안 들려."

아버지는 종종 이렇게 말했다. 차를 타고 가다 조수석에서 뭐라 뭐라 하면 아버지는 잘 안 들린다고 몇 번이고 다시 말해달라 했다. 가는 귀가 먹어서가 아니라 젊을 때부터 한쪽 귀가 잘 들리지 않았는데, 자식은 잘 듣지 못하는 아비를 탓했다.

그가 태어날 때부터 못 들었던 것은 아니다. 젊었을 적 사고로 인해 오른쪽 청력이 거의 손실되었던 것. 내내 지독히 불편했을 텐데도 크게 내색하지 않고 삶을 살았다.

나는 이제야 겨우 아버지와 그의 귀를 생각한다. 사고 당시 땅에 떨어질 때 오른쪽이 먼저 떨어졌던 것일까. 그 충격 때문인 것일까. 수술대에서 깨어나 한쪽 귀가 들리지 않고 있음을 알게 되었을 때, 서른 살 그의 가슴속엔 무슨 생각이 들어차고 있었을까. 자식이 물으면 몇 번이고 다시 되물어야 했던 사오십 대 시절을, 그는 어떤 마음으로 지나왔을까.

아버지는 말년에야 장애인 등급 신청을 했다. 자신이 장애를 가지고 있다는 사실을 인정하고 받아들이기까지 수십 년이 걸렸다.

아들은 제 아버지 아팠던 귀가 왼쪽이었는지 오른쪽이었는지도 별 관심이 없었다. 혼자 생각해보다 말고 옆에 있는 어머니에게 확인차 묻는다. 어머니는 쏘아본다. 속으로 '이 자식이…' 이러셨을 수도 있겠다. 제 잘난 줄만 알고 살던 삶이었다. 먹고 살기 바빴다는 건 핑곗거리가 되지 못한다.

무정한 자식이었다.

"아빠, 블라블라."

"뭐라고?"

먼저 자세를 낮춘다. 이번엔 무슨 말하는지 놓치지 말아야지. 아직 나는, 잘 들을 수 있으니까.

"아빠, 저기 피카츄 인형 뽑기 한 번만 하면 안 돼?"

아이와 같이 인형 뽑기 기계 앞에 서서 인형 뽑기를 한다. 아이는 난생처음이다. 버튼 조작이 영 서툴다. 두세 번 시도하다 잘 안되니 기어코 뒤를 돌아본다.

"아빠, 아빠가 해주면 안 돼?"

나? 마이너스의 손인 나? 난생처음까진 아니지만 해본 지 수십 년은 된 것 같은데? 그래도 어쩌나. 아들이 해달라는데. 떨리는 마음을 부여잡고 조심스럽게 버튼을 꾹 눌렀다.

한 번, 두 번⋯ 신의 가호가 있었는지 마지막 세 번째 시도에서 파란색 인형을 뽑았다.

"우와! 라프라스다! 아빠 최고!"

집에 돌아오는 내내 아이는 묻는다. 그게 그렇게도 궁금한 모양이다.

"아빠, 그런데 어떻게 라프라스 그렇게 잘 뽑을 수 있었어?"

살면서 거의 처음, 경이로운 눈으로 아빠를 바라보는 아들의 눈빛을 느낀다.

"엉, 아빠가 인형은 잘 뽑아. 네잎클로버는 잘 못 찾지만."

역시, 잘 들어야 한다. 눈높이를 맞추고.

앞으로도 계속, 이렇게.

이 책은 지난 삼 년간 브런치와 페이스북에 올렸던 글들을 다듬어 묶은 것이다.

하루 일을 마치고 느지막이 들어오면 집은 어둡고 고요했다. 아이들의 발과 아내의 발은 사이좋게 포개진 채 이불 밖에 나와 있었다. 자리에 누웠으나 잠이 오지 않는 날이면 조용히 일어나 책상 앞에 앉았다. 컴컴한 창밖을 보며 한 줄 한 줄 생각나는 대로 글을 적었다. 늦은 밤기운 때문이었는지, 쓰고 나면 글들은 대체로 세상을 떠난 아버지에게로 향하고 있었다. 뭐가 그리 못다 한 말이 많았는지.

글을 올린 다음날 아침 출근길이면 과분할 만큼의 공감과 위로를 받았다. 혼자 마음속에 묵혀두었던 이야기를 꺼내어 다른 이와 함께 나눈다는 것이 살아가는 데 이렇게 힘이 될 줄은 미처 몰랐다. 몇 개 쓰고 나면 더 쓸 이야깃거리가 없을 줄 알았는데, 못난 글인데도 정성껏 읽어주는 이들로부터 받은 힘 덕분인지 며칠 뒤면 아버지와 함께 보냈던 또 다른 추억들이 새롭게 피어나곤 했다.

아버지가 세상을 떠난 지 햇수로 사 년이 되었다. 원고를 넘기고 임경선 작가의 〈태도에 관하여〉를 읽다, '자식을 낳고 철이 드는 게 아니라 부모의 소멸을 겪으며 어른이 된다'는 구절에 자연스레 눈이 갔다. 그 심정에 공감하지 않을 수 없었다. 아버지를 떠나보내며 비로소 어른이 되어가고 있구나… 나는. 옛사람들이 왜 삼년상을 치렀는지 이제야 얼핏 알 것도 같다.

아버지를 잃었을 때의 먹먹한 슬픔도 시간이 흐르면서 점점 잦아든다. 몇 차례 계절이 바뀌고 아이들은 그새 한 뼘 두 뼘 자라 아버지의 빈자리를 조금씩 채워간다. 같이 자동차 경주놀이를 하고, 헬로키티 색칠공부를 하는 매 순간 아이들의 아빠로서

충실하고자 노력하며 살고 있다. 아버지와 함께했던 시간들을 돌아보니 자식으로서 받은 것들이 결코 적지 않다. 그리고 이제는 내가 아이들에게 그만큼 돌려줘야 할 차례라는 것을 안다. 글을 쓰며 얻은 가장 큰 소득이다.

늘 옆에서 보듬어주는 사람들이 없었다면 책을 쓰지 못했을 것이다. 가까이서 매 순간 깨우침을 준 아이들과 아내, 어머니, 동생 내외를 비롯한 가족들, 그리고 멀리서나마 응원을 아끼지 않았던 여러 벗들에게 쑥스럽지만 이렇게나마 감사의 말을 전하고 싶다.

마지막으로, 이 책이 나올 수 있도록 긴 시간 끝까지 믿고 격려해주신 왔어북 안유정 대표님, 그리고 책을 만드는 데 도와주신 모든 분들께 깊이 감사드린다.

2020년 10월

배정민

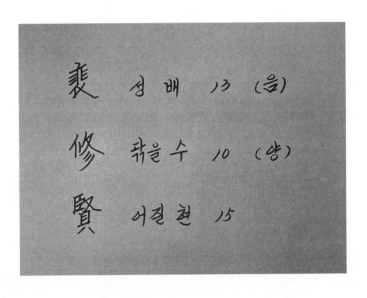

爽 성배 13 (음)

修 닦을 수 10 (양)

賢 어질 현 15

아버지가 첫 손주 이름을 지을 때 고심하며 남긴 글씨.

아들로 산다는 건 아빠로 산다는 건

아버지를 떠나보내고, 자식을 키우며 어른이 되었습니다

초판1쇄 발행 2020년 10월 16일

지은이	배정민
편집	양양
마케팅	이승준
디자인	인주영
제작	오스카인쇄
펴낸곳	왓어북
펴낸이	안유정

출판신고	제2020-000038호
이메일	wataboog@gmail.com
팩스	02-6280-2932
ISBN	979-11-963416-88 03810

※이 도서는 중소벤처기업부와 소상공인시장진흥공단에서 추진, 전담하고 서울인쇄정보산업협
동조합에서 운영하는 서울을지로인쇄소공인특화지원센터의 우수출판 콘텐츠 제작 지원사업
에서 지원받아 제작되었습니다.

※왓어북은 인문교양, 경제경영, 에세이, 실용 분야의 책을 출간합니다. 책으로 출간하고자 하는
원고가 있는 작가님은 기획서와 원고의 일부 내용을 담아 wataboog@gmail.com으로 보내
주시기 바랍니다.